講談社文庫

泣けない魚たち

阿部夏丸

講談社

目次――――泣けない魚たち

泣けない魚たち

かいぼり

「けんじ、明日、かいぼりをやろうぜ」と、成瀬《なるせ》あきらがいった。

「よし、やろう」と、僕はすぐさまこたえた。

太陽のぐらぐら揺れる、七月の校庭である。明日は日曜日で、なにかこうスカッとする遊びをしたかったところなので、僕の心はうきうきとはずんだ。

かいぼりというのは、小川を、石やら、土やら、土のうやらで、堰《せ》き止めて、その中の水をバケツでかい出してしまうという魚取りの方法である。これは、魚釣りなどにくらべて、手っ取り早く、運も道具もテクニックも必要なく、ただひたすら汗水流せばかならずむくわれるというところが、たいへんにありがたいところであった。

まんがのシールをべたべたと貼ったランドセルを、鉄棒の角にかけながら、あきらはいった。

「二人じゃ、足りないなあ」

「うん、堰《せき》をつくるのはたいへんだからね」

「あと二人は、ほしいな」

「まさあきは、さそえば絶対来るよ」僕は、自信をもっていった。

「じゃあ、あと一人かあ」

「あつしは？」と、僕がいうと、あきらは、

「だめだめ、あいつはすぐ、かあちゃんにしゃべるから」と、あつしの参加をあっさりと突っぱねた。

僕たちが、かいぼりをするのは決まって、おばけ水車の前で、このあたりは学校で立ち入り禁止地区に指定されていた。だから、かいぼりは、秘密の内に行われるわけで、そこに、おしゃべりのあつしを参加させるわけにはいかないというのだ。

なにしろ、あきらは、「みち子のカバン、犬の糞入れ事件」のときにも、先生の誘導尋問に引っかかったあつしのおしゃべりに、ひどい目にあっていたのだ。もとはといえば、そんなことをしたあきらが悪いのだが、あきらは、「男の風上にもおけん」と、根にもっているようだった。

「仕方がない。ゆうじでも呼ぶか」と、あきらがいった。

「ゆうじ？」

「だれもいないより、いいだろ」

「そうだね」

結局、ゆうじを誘うことになった。ゆうじというのは、僕たちと同じ桑原村《くわばらむら》に住む同級生で、おとなしく小柄な男だった。決して悪いやつではないのだが、勉強ができることと、ブリーフをはいていることが、ゆうじの弱点であった。男は白いデカパンというのが常識であったから、身体検査のときにみんなが初めて目にした彼のブリーフは衝撃的だった。

「あっ、ゆうじが女のパンツはいてる」

だれかのそのひと言で、ゆうじの学校生活における立場は、決定づけられてしまったのである。


下校のチャイムが鳴ると、僕たちは校庭に並び、いつものように校門を出た。あきらとまさあきが先頭を歩き、そのあとを僕が歩いた。そして、ゆうじがそのあとについて歩いた。別に決めたわけでもないのに、そんな順番がいつのまにかできていた。あきらは行動的なリーダー格だったし、まさあきは道々で、めずらしいものを見つける天才だった。そして彼らは僕に、いつも常識的判断というものを仰ぐのだった。

たとえば、こんなことがあった。豆腐屋の庭のザクロが赤く色づいていたときのことである。まさあきは、いつものように、それを目ざとく見つけ、「おおっ、色づいてきましたなあ。秋ですなあ」と、大人のまねをしていった。するとあきらは、つかつかと木の下に行き、モギリッ、とザクロを取ってしまい、僕にたずねた。

「なあ、けんじ。これどうしよう」

いつもこうである。ザクロを取る前であれば、やめようといえるのに、あきらはいつも、ことを起こしてから僕の判断を仰ぐのだ。

「やばいから、木の下に置いていこうよ」僕がそうこたえると、あきらは、「そうだな」と、素直に木の下にザクロを置いた。そして、すぐさまこういうのだった。「ゆうじ、そこにザクロが落ちているから、拾ってこいよ」

ゆうじは仕方なく、ザクロをかくしもち、みんなのあとを歩いた。

神社の境内まで行くと、あきらは、僕たちを呼びよせてザクロをばくりと割った。薄紅色のつぶつぶがこぼれ落ちた。あきらは、それを拾いながら、こういった。

「まだ食べるな。ちゃんと分けてからだぞ」

あきらはいばっていたし、ゆうじを奴隷のように扱うこともあったが、こういったこと（とくに食べ物）になると、かならず平等にする。あきらが、五人兄弟の長男であるからかもしれない。翌日、だれかのつげ口で、僕たち四人は、体育の先生に呼びだされ、お尻を竹刀で三発ずつたたかれた。先生はだれが主犯かわかっているようだったが、僕たちは同じように叱られ、同じようにたたかれた。

こらえきれず涙をこぼしたゆうじに、あきらはいばっていった。

「みんなでしたことだ。一人だけ泣くな」

僕たちは、いつも、こんな関係であった。

県道を曲がり、農道に入ると、僕たちの住む桑原村までは一本道だ。一キロほど続くこの道の突き当たりには、矢作川《やはぎがわ》の堤防が横たわっている。

一本道を、半ば過ぎるとうしろから、車の走る音が聞こえた。

「町長の車だ」と、まさあきがいった。

桑原村の家で、自家用車をもっているのは、町長の家だけだった。町長は、中野《なかの》銀造《ぎんぞう》といい、桑原村の生み出した唯一の名士である。町外れのちっぽけなこの村から、町長を立てることなど奇跡に近いのだぞ、と父が以前、話していたことがあった。

僕たち子どもには、そんなにむずかしいことはわからなかったけれど、運転手付きの自動車に乗っていることや、運動会のときに来賓席《らいひんせき》で、校長先生に「中野先生」などと呼ばれていることから、はげ頭の中野銀造は偉い男だということを感じとっていた。

砂利道を砂ぼこりを立てて走ってくる銀造の黒塗りのクラウンが、百メートルほどのところに差しかかったとき、あきらが叫んだ。

「はげちゃんだ。はげちゃんだ。かくれろーっ」

僕とゆうじは、道の脇の草の中にしゃがみこんだ。あきらとまさあきは、「コンバット」と、叫んで腹ばいになった。

ボロロロロッと、車の音が近づいてくる。

ゆうじは、少し首をすくめた。あきらとまさあきは、さらに身を伏せた。

ブロッロッロローッ。

目の前に突然、黒い自動車が現れ、一瞬のうちに走り去った。うしろの座席に、ちらりとはげ頭が見えた気がした。

あきらとまさあきは、急いで道に飛び出すと、ばん、ばん、ばーん、とピストルを撃つまねをいく度となく続けた。

町長の車は、何事にも気づかぬようで、相変わらず砂ぼこりをもくもく立てながら、村のほうへと走り去った。じゅうぶん距離が開いたのを見計らって、「ばっかやろー。おぼえてろよー」と、あきらが一発石を投げた。

次の日の朝、僕はバケツを一つ手にして家を出た。待ち合わせの場所は、蜆川《しじみがわ》にかかる新橋だった。蜆川は矢作川に沿って流れる幅四メートルほどの小川で、新橋はちょうど村の入り口にあたった。つまり、桑原の小さな集落は二本の川にはさまれているのだ。


新橋につくと、もう、みんなは待っていた。

「遅いぞ。けんじ」と、あきらが叫んだ。

「ええっ、まだ十時前だよ」

「へへっ、おれたちが早すぎたんか」

「そうだよ。あきらなんか、張りきって九時から来てるんだぜ」

まさあきに、そういわれ、あきらは、照れ臭そうに笑った。

僕たちは、だれからともなく、自分のもってきたバケツに腰をかけた。みんな、ブリキの大バケツであったが、ゆうじだけが粉ミルクの缶だった。まさあきが、「ゆうじちゃんは、まだ、粉ミルクを飲んでいるんだよね」と、いつもの調子でからかった。

(ゆうじのやつ、泣くかな?)と、思ったとき、あきらがいった。

「ゆうじは力がないから、小さい缶でいいがや」

ゆうじは、おどおどしながらも、とりあえず救われたような顔をした。

まさあきは、少し調子がくるったようで、

「今日の川はいいね。水が少ないよ」と、いってごまかした。

「このごろ、雨が降ってないからなあ」そういって、あきらが川をのぞき込んだので、僕たちも同じようにして、橋から身を乗り出した。澄みきった川の水底に、小ブナの群れやハヤの群れ、ザリガニの足跡やタニシの動いた跡までが、手に取るように見える。

「いけそうですなあ」

「いけますよお」

「やりましょうかあ」

「やりますよお」

あきらと、まさあきのやりとりに、ゆうじが、くふふと笑った。

さて、僕たち四人は、上流のおばけ水車に行く前に、まず、ある計画を実行しなければならなかった。それは、南京袋略奪計画《なんきんぶくろ》である。かいぼりは、土や泥で川を堰き止めるわけだが、川には当然、水の流れがあり、土や泥はすぐ流されてしまう。そこで、南京袋に土を入れた土のうをつくり、川を堰き止めようというわけだ。去年の夏、この土のうによるかいぼりを開発し、大成功をおさめていたのだ。

「おう、南京袋どうする?」まさあきが、いった。

「どうするも、こうするも、銀造のところしかないだろ」あきらが、こたえた。

「見つかったら、やばくないか?」まさあきが、不安そうにいった。

「だったら、見つかんなきゃあいい」

あきらは、今年も去年と同じように、町長の家の納屋《なや》の南京袋を盗み出すつもりのようだった。

町長の家は、村の東の大きなクスノキの前にある。立派なお屋敷の庭をはさんだむかい側には、大きな車庫があり、そのとなりに納屋があった。納屋の中には耕運機やワラが積んであり、その奥に、お目当ての南京袋はあった。

「山ほど積んであるんだ。十や二十、盗んだってわからねえよ」と、あきらはいうけれど、正直いって怖かった。

僕だけじゃない、みんなだって、あきらだって怖いはずだ。だって、町長に見つかれば、学校でも大問題になる。カキやトマトを盗むのとは、わけがちがうのだ。

「いいか、おれとまさあきが忍び込むから、けんじは見張りをやってくれ。だれか来たら猫の鳴きまねをするんだ、いいな。ゆうじは、ここで、窓から投げる南京袋を集めてくれ」納屋の裏の竹やぶで、あきらは、てきぱきとそういった。

「だいじょうぶかなあ？」僕が、心配そうにいうと、まさあきが、

「ちゃんと見張っといてくれよ。ニャーオ」と、猫のまねをした。

ゆうじは、緊張のあまり声も出ないようだった。

「さあ、行くぞ」

あきらの号令で、二人は納屋のほうへと、消えていった。

二人きりになると、一段と心細くなった。

「けんちゃん、だいじょうぶかなあ？」ゆうじが、しゃがみこんでいった。

「弱虫だなあ、おまえは」強がりをいいながら、僕もしゃがみこんだ。

孟宗竹《もうそうちく》の竹林は風に遊ばれ、ザワザワと音を立てている。しかし、うっそうとしているのは、頭上だけで、足元はがらんとしており、僕たち二人は、竹の牢屋に入っている気分だった。

「見つかったら、警察に捕まるかな？」

「だいじょうぶだって」

「でも、泥棒だよ」

確かに、泥棒だった。しかし、僕たちの遊びに、泥棒はつきものだ。トマトだって、イチジクだって、盗んで食べるのが遊びだったし、そうして食べるのが、一番うまかった。

僕たちは、農家の子どもだったから、汗水流してこしらえた作物が大切であることは知っていた。しかし、だからこそ、一つ二ついただいても、それほど困らないことも知っていたのだ。

それに、泥棒にもルールがあった。それは、証拠を残すことである。

去年、こうじ屋のカキを盗んだときもそうだった。こうじ屋のカキは、村で一番大きくて甘いことが評判だったので、僕たちはこれに目をつけた。しかも、竹の棒で取ればいいものを、あきらが、

「このカキは、特別のカキだから、傷をつけちゃあいかん。手で取ろう」などというものだから、神社からハシゴをもち出したのだった。

そして、さんざんカキをもいだあと、僕たちは、ハシゴをそのままにして帰った。

当然、事件は発覚し、その日の夕方には全員こうじ屋の土間に正座させられて叱ら

れ、家に帰ってまた叱られたわけだが、それはそれで、楽しかった。反対に、見つかっているはずなのに、いつまでたっても叱られないときのほうが、薄気味悪く、後味が悪かった。

しかし、今回はちがった。心の底から、見つからないことを、僕は願っていた。

突然、ゆうじのあわてた声がした。

「ねえ、けんちゃん。あれっ」

「えっ」

ゆうじの指さすほうを見て、僕は驚いた。竹やぶのむこう側の道を、自動車が走っていくのだ。緑色の竹のすきまから見える黒い自動車は、まちがいなく町長のだった。

「たいへんだ。あきらたちに知らせなきゃ」

僕たちは、納屋の入り口にむかって走った。しかし、町長の自動車は、あっというまに屋敷を回り、車庫に入ってきたようだった。

「ニャーオ、ニャーオ」僕は、かぼそい猫の泣き声を出しながら後ずさりした。

「けんちゃん、だいじょうぶ?」

「だめだ、わかんねえ」

「あきら君たちは？」

「もう納屋の中だ。たぶん、かくれてると思う」

　バタン、と車のドアを閉める音がした。

「どうしよう」

　僕たちは、なすすべもなく、納屋の裏にしゃがみこんだ。ときどき、納屋の窓にむかって、「ニャーオ、ニャーオ」と、やるのだが、中からはなんの返事もなかった。

「困ったなあ」

「捕まっちゃったかなあ」

　そのとき、バサリと音がして、ゆうじの頭の上に南京袋が落ちてきた。見上げると、あきらが窓から顔をのぞかせて、「しーっ」というしぐさをしていた。そして、まさあきと二人で、次つぎ南京袋を投げてよこした。

「先に行ってろ」

　あきらの指示に従い、僕たちは、南京袋を両脇に抱え忍者のような格好で、蜆川の土手に走った。

　途中、草刈りのじいさんに会ったが、かまわず突っ走った。じいさんは、なんだ、なんだ、という顔をして見せたが、すぐにまた、草刈りを続けた。

僕たちは、土手の伸びたアシの中に飛び込むと、寝転んで、荒いだ息を静めようとした。蒸し暑い草いきれの中で、ぼたぼたと汗を垂らしながら、不安と、緊張と、激走で、躍る心臓を必死で押さえようとした。しばらくして、息も整うと、僕はゆうじにいった。

「なあ、清水でも飲もうぜ」

ゆうじは、大きく、こくんとうなずいた。

「あきらたちは、そのうち来るさ」

僕たちは、夏草の生い茂る土手を、かき分けるようにして下におりた。

橋の下には土管がいけてあり、その中にはいつも、清水が湧き出しているのだ。蜆川には、ところどころ清水が湧いており、たまたま橋の下にあった清水に、だれかが土管をいけたのだった。土管の横の竹の棒には、いつも空き缶がかけてあり、みんなの水飲み場になっていた。

僕は、土管をのぞき込むと、ふつふつと湧き出している清水をすくいとった。

ぐびりっ、とやると、からからの喉を冷たいかたまりが落ちていくのがわかった。

「うまい。ゆうじも飲めよ」

ゆうじも同じように、ぐびりっ、とやった。ゆうじの口元から、水がこぼれ落ちた。こぼれた水は喉をつたい、白いシャツの胸元をじんわりと濡らしていった。

そのときだ。ドボーン、と、大きな音がして、水しぶきが散った。

「ひゃーっ。冷てぇー」

橋の上から、あきらとまさあきが降ってきたのだった。

「まいったよ。白手袋がさあ、自動車のガラス窓を磨きだすもんだからさあ、納屋から出てこれなかったんだ」

「洗車でも始めたら、ずっと出てこれなかったよなあ」二人は、汗を拭いながらそういった。

僕たちは、サンダルや靴を、ズボンのお尻のベルトに差し込むと、橋から百メートル上流にある、おばけ水車まで、歩くことにした。

「できるだけ、バシャバシャやるんだぞ」

「わかってるって」

おばけ水車のところには堰堤があるので、そこまで魚を追い込もうという魂胆だった。

バシャバシャ歩くと、まず、ハヤの群れが逃げた。続いてカエルが茂みの中にカサカサと逃げた。アメリカザリガニは、川岸に泥でつくった巣に入り、真っ赤なハサミで威嚇《いかく》した。上流の水は澄みわたり、下流の水はもやもやと濁った。僕たちは、まるで、小川の無頼漢《ぶらいかん》だった。

「けんじ、魚いるぞ」

「うん、いるいる。さっきから、びゅんびゅん上流へ上ってるよ」

「そうか、楽しみだなあ」

しばらく歩くと、村からは完全な死角になったので、みんな、急に元気が湧いてきた。それに、不審を感じた大鯉が、僕たちの影を見ては反転して上流へ上るのが見え出したから、興奮は高まった。

「いいか、絶対に下流にやるな。堰堤の下に追い込むんだ」

僕たち四人は、横一列になりアリの子一匹通さぬ形相で前に進んだ。逃げ場を失った魚は、川の隅を突っ切ろうとするので、両端にあきらとまさあきを配置し、真ん中を僕とゆうじが歩いた。

「あきら、逃がすな」

「まかせとけ」

「おおっ、すげえー」

「追い込め、追い込め」

追い詰められた魚が、必死に逃げ惑う。足にガンガンあたって来るやつもいれば、突然、信じられないほどのジャンプを見せるやつもいる。

「よっしゃー」まさあきが、二十センチほどのフナを、岸に蹴り出した。

「つかむのはあとだ。追い込め、追い込め」

「それそれ、それっ」

気がつくと、僕たちは、もう、おばけ水車の前に立っていた。おばけ水車は、右岸にひっそりと建ち、その前には、石と土のうでつくられた水引の堰堤があった。堰堤の水は右の水車の前にだけ、ドボドボとなさけない音で落ちていた。魚は下流へ逃げのびたものと、この堰堤の下の小さな深みにかくれたものの二手に分かれ、足元にはもう一匹もいなかった。

「だいぶん、逃げられたね」僕は、あきらにいった。

「これだけ追いこみゃ、上等さ」あきらは、興奮の冷めぬ目でこたえた。

堰堤の下の深みは、畳三枚を横に並べたほどの広さで流れがなく、水草やスイカのヘタやらのごみが、浮かんでいた。魚は、この下に安心してかくれているらしく、僕たちは、ゆっくりと土のうづくりに取りかかった。

二十分もすると、土のうは完成し、かいぼりも佳境へと突入していった。魚の逃げ場を完全にふさいだあと、まさあきが、ゴミをどかしにかかった。濁りを立てぬよう、そっと水に入り、静かにゴミをどけた。

「うほぉっ」あきらが、調子っぱずれの声を上げた。

深みには、数え切れない魚たちが逃げ場をなくし、まいまいと泳いでいた。僕たちは、はやる心を押さえて、これを眺めた。

「フナもハヤも、すごい数だね」

「コイもいるよ」

「さっきの、でかいやつか?」

「たぶんね。四十センチはある」

「アユだ、アユがいる」

「あれは、ウグイだよ」

とにかく、すごい数とすごい種類の魚たちだった。

「よし、始めようぜ」あきらのかけ声で、かいぼりは始まった。

みんなで、深みに立ち込みバケツで水を汲み出した。四人が競い合うように汲み出すものだから、みるみるうちに水かさは減ってきた。

「すごい、すごい。足に当たるよ。いっぱいいるよ」

「水といっしょに、バケツに魚が入っちゃうよ」

その気になれば、もう、手づかみで魚は取れた。

「よーし、あと十杯ずつ、汲み出そうぜ」

僕たちは、「いーち、にーい、さーん」と、数えながら十杯の、計四十杯の水を汲み出した。魚たちは、逃げ場と水を失い、ばしゃばしゃと泳ぎ回っていた。大きいものは、背中を出している。

「よし、やるぜ」

僕たちは、いっせいに魚に飛びかかった。

「このやろう。このやろう」あきらは、大きな鯉だけを追い回している。

「それ、それ、それ」まさあきは、手当たりしだいに魚をバケツに投げ込んだ。

僕も、負けてはいなかった。さかなを隅に追い込んでは、両手で握りしめた。ぬるりとすべって、逃げるやつもいたが、まったく気にはしなかった。だって、魚はあふれるほどいるし、どこへも逃げられないのだから。

「ナマズだ、ナマズだ」まさあきが叫んだ。

みんなの足でかき回し、どろどろに濁った水の中を、真っ黒な大ナマズがぬらりと動いた。

「気をつけろ、ナマズのヒレは危ないぞ。手で握ったらザックリと切れるぞ」と、まさあきがいった。

ゆうじは、びっくりして、川から上がった。

「よし、こいつでやろう」あきらは、余った南京袋の口を開け、ナマズの前へあてがった。そして、ナマズのしっぽをまさあきがギュッと握ると、がばがばがばっ、と、ナマズは南京袋の中に突入した。

「やったあ」

あきらは、どうだとばかりにナマズの袋を差し上げてから、ほいっと、まさあきに手渡した。

「えっ、いいの？」

「おまえが見つけたんだろ」あきらはそういうと、また、さっきの大鯉を追いかけはじめた。

まさあきは、うれしそうに袋の口を、葛《くず》の蔓《つる》でしばってから、魚を入れる生けすをつくり出した。あきらは、あいかわらず大鯉を追っかけ回している。僕のバケツも、いろいろな魚でいっぱいになった。みんな、それぞれ勝手に楽しんだ。

「ゆうじのやつ、なにしてんだ」

僕は、さっきから、ミルク缶の水を替えては、隅のほうでこそこそやっているゆうじを不審に思い、聞いてみた。

「えっ、僕？　僕、タナゴ取ってんだ」

「タナゴ？」

「うん」

「タナゴみたいな、雑魚《ざこ》取らなくたって、大きなコイとかフナとかいるだろう」

「でもね、水槽で飼うときれいなんだよ。これ」

僕は、びっくりした。だって、魚というものは、釣ったり、つかんだり、食べたりして楽しむもので、水槽に入れて飼うなどとは、考えてもみなかったからだ。

「エサなんかもやるのか？」

「うん、どぶで糸ミミズ取ってね」ゆうじは、ミルク缶のタナゴをいとおしそうにすくいながら、続けていった。「この小さいのが、バラタナゴ。少し細いのが、ヤリタナゴ。ヒレの白い大きいのがミヤコタナゴだよ。バラタナゴにも、タイリクバラタナゴと、ニッポンバラタナゴとがあるんだけれど、僕は見分けられないんだ」

声が出なかった。なんで、ゆうじがこんなことを知っているのだ。ゆうじは、うれしそうに話しつづけた。

「見てごらんよ、お尻に管が出てるだろ。ここから卵を産むんだ。どこに産むか知ってる？」

「土の中か？」

「ううん。カラス貝の中に産むんだ。これだよ」ゆうじは、缶の底に沈んでいる真っ黒な貝を二つ、すくってみせた。

「おまえ、くわしいんだな」

「好きなだけだよ」ゆうじは、照れ臭そうに笑ったが、僕は本当に感心していた。

「雑魚にも名前があるんだな」

「ちがうよ、けんちゃん」

「なにが？」

「雑魚っていう、魚がいないんだよ。雑魚にしても雑草にしても、どうでもいい魚や草ってことだろう。そんなの、人間の勝手で、魚や草には、関係のないことだよ」

(なるほど)と、思った。

「ゆうじ、タナゴの前では、お前に偉そうなこといえんな」

「えへへ」

二人で笑った。

そのとき、うしろのほうであきらの大きな声がした。

「やった、やった、やったー」

振りかえると、あきらが、やっとの思いで捕まえた大鯉をバケツに押し込んでいるところだった。

「やったね、あきら」と、僕がいうと、あきらは、

「どうだ、どうだ。こいつが一等賞だぜ」と、笑った。

その顔が、あんまりうれしそうだから、みんなつられて大笑いをしてしまった。

かいぼりも一段落し、僕たちはだれからともなく、土手に座り込んだ。ゆるやかな斜面に寝そべると、目の前に、だだっ広い青空があった。白い雲が一つ、二つ浮かんでいるのを見ていると、自分の体がふわりと浮き上がりそうな気持ちになった。

「なあ、ゆうじ」と、まさあきがいった。

「なあに」

「あの水車さ、なんでおばけ水車っていうか知ってるか」

「知ってるよ」

まさあきが、また、ゆうじをからかいだしたので、あきらたちは、にやにやと笑った。

「じゃあ、なんでだよ」

「お母さんに聞いたよ。ここにはね、女の幽霊が住んでいるんだ。夕暮れになると、すすり泣くような女の人の声が聞こえるんだって。だから、学校でも立ち入り禁止地区になってるんだろ」

あきらたちは、笑いをこらえるのに必死の様子で、

「そうだよ、女のすすり泣くような声がするんだよな」と、いった。

みんなに、からかわれていることに気づいたゆうじは、

「おばあさんだって、そういってたもん」そういって、タナゴの水を替えに川へおりていった。

「あんまり、からかうなよ」と、あきらは笑ったが、僕はゆうじにすまないなと思った。

おばけ水車の真実を、以前、まさあきから聞いて知っていたからだ。女の幽霊の声は幽霊ではなく、本当の女の声で、この水車は若い男と女の、逢い引きの名所だったのだ。大人たちは、子どもに近寄らせないほうがいいということで、おばけをでっちあげたらしいのだ。でも、本当に、おばけの声と聞きまちがえた者がいたのかもしれない。

「ねえ、あれっ」にやにや笑っているまさあきに、ゆうじが真顔で叫んだ。

「だれか、来るぞ」

一本道の堤防を、こちらにむかって男が一人歩いてくるのが見えた。ふだん、人の通らない草だらけの道なのだ。なにやら、いやな予感がした。

「あきら、やばい。銀造だよ」

「うそだろ」

「本当だ、銀造だよ。どうしよう」

どうしようも、こうしようもなかった。町長の銀造が、もう目と鼻の先に来ているのだ。

「いいか、おどおどするな、普通にしてろ」

「南京袋は？」

「そのままでいい」

僕は、怖くて怖くてじっとしていられず、河原へおりた。まさあきも、いざというときの逃げ道を確認するように水車に近づき、あたりを見回した。ゆうじは、ミルク缶を抱きかかえて、立ちすくんでいた。

銀造は、どんどんこちらに歩いてくると、僕たちに気づいたようで、麦藁帽子《むぎわらぼうし》のひさしをぐいと上げた。そして、なめるようにあたりを見回し、その視線を、土手に寝そべったままのあきらに止めた。

「おう、かいぼりか」

それは、太く、低い声だった。

「うん」あきらは、起き上がりながらも、銀造の目をにらんだままこたえた。

銀造は、じっくりと川の様子を眺めると、

「ようけ、取れたか?」と、聞いた。

僕たちは、南京袋のことが、気になって仕方なかったが、どうすることもできず、こくりとうなずいた。

「どうれ、見せてみい」銀造は、どかどかと河原におりてくると、まさあきの南京袋に手を伸ばした。

まさあきは、今にも泣き出しそうな顔で、それを手渡すと、後ずさった。

銀造は、南京袋にペンキで記された番号に、目をやった。

僕たちは、(もうだめだ)と、思った。(絶対に、叱られる)と、思った。

ところが、銀造は、そのまま南京袋をのぞき込み、

「おお、ええナマズじゃなあ」と、うれしそうにいった。そして、生けすの魚をのぞ

き込み、「ほう、ごっついコイもおるじゃないか。ようけ取ったなあ」と、笑った。

あまりうれしそうに笑うので、僕たちは、ほっとするよりも、なんだか調子が狂ってしまった。それに、銀造の笑い顔を見るのも、話をするのも、これが初めてだった。

「わしも若いころは、この川でかいぼりをよくやったが、こんなふうに大きな鯉は、つかんだことがないな」

「でかいだろう」銀造のことばに気をよくして、あきらがいった。「下流のほうから、みんなで追い込んだんだぜ」

「そうか、それは賢いやり方だったな」銀造は、生けすに手を突っ込んで、魚を触りながらいった。

「で、ウナギは何本取った？」

「ウナギ？」

「ああ、ウナギだ。取ったんだろう？」

取ったんだろうといわれても困る。

「なに、取ってない。それはいかん、いかんぞ」

いかん、いかんといわれても、もっと困る。

「よし、おまえたち、もう一回そこに入ってみろ」銀造は、なにやら山賊のお頭のような顔をして、そういった。僕たちは、それに逆らえるわけがなく、いや、反対になにが始まるのか、わくわくしながら従った。

「いいか、こうして足でな、川底の泥をこねるんだ」

「ちがう、もっと元気よく」

「そうそう、こうだ、こうだ、こうだ」

その姿はまるで、阿波踊りのようだった。僕たちは、それがおかしくておかしくて、耐えられず大笑いしてしまった。

「それ、それ、もっとこねまわせ。わははははっ」がに股の銀造も、大笑いしながらそういった。

みるみる内に僕たちの足元は泥水化し、逃げそこねていた小魚が、アップアップと浮いてきた。不幸にも踏まれてしまったやつは、腹を上にして浮かんだ。

「よしよし。もういいだろう」銀造は、そういうと、土のうに膝をついて泥水をのぞき込んだ。なにが始まるのかと、僕たちもわくわくしながら、同じ格好でのぞき込んだ。まさあきは、まだくすくすと笑っている。あきらが、思い切って聞いた。

「ねえ、なにが始まるの？」

「おうっ、ウナギだよ、ウナギ。ウナギがな、苦しくなって浮いてくるんだよ。うふふ」銀造は、気味の悪い声で笑った。

「ウナギだって」僕たちは、顔を見合わせた。

「ほうら、浮いてきた」

どろどろの水の上に、ぽっかりとウナギの頭が浮かび、はふーはふうー、と息をしはじめた。銀造はウナギの頭のうしろに、そおっと腕を伸ばした。毛むくじゃらの、ごつごつした腕だった。

「いいか、ウナギはぬるぬるして滑るから、さっとつかんで土手にほうり上げるんだ。お前たち、逃がすんじゃないぞ」

僕たちは、南京袋を一つ抱え、土手にまわった。

「それっ」

銀造の腕は、さぶんと水に刺さったかと思うと、ウナギを引っかけてもち上げた。それは、素早い、一瞬の出来事だった。ウナギは、水しぶきとともに、青い空に吸い込まれるように舞い上がり、うねうねと空中で身をよじらせた。やがて、その黒いかたまりは、僕たちの待つ土手の上に、ばさりと落ちたのだった。

「すごかったね、銀造のやつ」

「ほんと、片手でこうだもんな」

みんな、帰り支度を始めても、興奮の覚めやらぬ感じだった。

「知らんかったなあ。あんなことで、ウナギが取れるなんて」

「あいつは、かいぼりの天才かもしれんな」あきらが、まじめな顔でそういった。

結局あのあと、二本を追加し、僕たちは、計三本の極太ウナギを手中におさめた。

そして、

「精がつくから、おやじにもって行け。おっかあが喜ぶぞ」と、いう銀造に、あきらは、

「いいや、町長が取ったんだから、町長がもっていけ。おれはコイを持っていくし、まさあきはナマズをもっていく。ゆうじは大好きなタナゴをもっていくんだから、これが正しい」と、きっぱりといったのだった。

「ようし。わかった。ありがたくちょうだいするとしよう。その代わり、すまんが、あの南京袋を一つ、恵んでくれるか」銀造は、そういって、南京袋にウナギを詰めた。

さすがに僕たちも、そのときだけは、どきりとした。

「おお、そうだ、お前たちにおもしろいことを教えてやろう。来週の日曜日、この川

は大騒ぎになるぞ」

「どうして？」

「そいつは、内緒にしとこう。なにしろ、魚の取り放題だ。ははは っ。じゃあ、ありがとうよ」

銀造は、もこもこ動く南京袋を手にさげて、土手を歩いていった。

「おもしろいことって、なんだろうね」

「さあ？」

「魚が、取り放題っていってたぜ」

「わかった。村中で、かいぼりをするんだ」

「そんな、ばかな」

「なんだろうなあ」

僕たちは、町長の家の納屋からちょうだいしてきた南京袋をぜんぶ洗い終えると、家路についた。胸ほどに伸びた夏草の土手を、かき分けるように歩いた。

「銀造のやつ、南京袋のこと、気づいてたんだろうなあ」ぽつんと、まさあきがいった。

「たぶんな」あきらが、そうこたえると、みんな、うなずいたように見えた。

一日中、遊びほうけたわりには、太陽が、まだずいぶん高いところで、僕たちを見おろしていた。

それからというもの、僕たちは、かいぼりの話ばかりしていた。あきらなどは、ウナギを取ったことによほど興奮したと見えて、銀造のことをウナ造と呼んでいたし、道であの黒い自動車とすれちがっても、以前のようにかくれたり、石を投げたりせず、わざわざ目立つように道の真ん中を歩いたりした。しかし、銀造は以前と同じように、ドアのむこうにはげ頭をちらりと見せただけで、そっけなく走り去っていくのだった。

あんなに無邪気な顔で、魚をつかむ大人を見たのも初めてだったし、僕たちの遊びに、参加してきた大人も初めてだった。

「大人は、一日たつと、忘れちゃうのかなあ」あきらが、いつになくさみしそうな顔でそういった。

あっというまに、一週間がたった。朝ごはんを食べていると、あきらの、「けーんーじ」という声がした。

「どうしたの、こんなに早くから」

「た、たいへんなんだ。川の水がない」

「川の水が？」

「そうなんだ、全然ない、すっからかんなんだ」

あきらについて、僕も家を飛び出した。新橋のところに来ると、まさあきとゆうじが待っていた。それだけじゃない、村の人たちがざわざわと集まっていたのだ。

「すごいよ、すごいよ」

まさあきは、かなり興奮していた。ゆうじは、おびえたような目で川を見ていた。僕も、駆けよって川をのぞき込んだ。

それは、いまだかつて見たこともない光景だった。蜆川の水は、すっかりと干上り、水底が日にさらされていた。あるはずの水の流れは一筋もなく、ところどころの深みが水たまりとなっているだけだった。水たまりには、逃げ場をなくした魚たちが、背中をさらして右往左往していた。僕たちは、土手の上を上流へと駆けだした。

「おーい、すごいぞ、すごいぞ」

「どこまで行っても、魚だらけじゃあ」

「なんで、こんなことになったんだ？」

「わからん」

「銀造が、やったのかなあ」

「わからん、わからん」

本当に、わけがわからなかった。ただわかっているのは、先週、町長がいったとおり、魚が取り放題になったということだけだった。

振りかえると、新橋の上に人だかりができていた。

「なんだ、あれ」

よく見ると、橋の上には、南京袋を山積みにしたリヤカーが止まっていた。村人は、それを手に取ると、ほいほいと川に下りていくようだった。

「おい、あれ銀造だぞ」

確かに、南京袋を手渡しているのは銀造だった。僕たちは、大急ぎで駆けよった。

「おうっ。お前たちか。よく来たな」町長は、うれしそうにそういった。

「どうしたの、これ」あきらが、たずねた。

「どうしたも、こうしたも、見てのとおりじゃ。さあ、お前たちも拾った拾った」町長は、ろくに返事もせず、僕たちに、南京袋を押しつけた。

「魚、取っていいの？」まさあきが、聞いた。

「ああ、思うぞんぶん取れよ、これが最後だからな」町長は、そういうと次から次へと押しよせる村人に、どんどん南京袋を渡していった。

僕は、町長のいった「これが最後」という意味が気になったが、村人の興奮した声と、みんなの「やろう」という声につられ、川へ駆けおりていった。

川はもはや泥田と化し、人々はまるで石でも拾うかのように、魚を拾っては、これでもかというくらい袋に詰めていった。おじいさんやおばあさんから小さな子どもまで、みんなの歓声が鳴り響いた。町長の、大きな笑い声がこだました。

今、この川では、すべてが人間の思いどおりだった。魚にしてみれば、水のない川ではどうすることもできず、手足を、いや、尾鰭《おびれ》をもがれたも同然で、泥地に白い腹をさらすことしかできなかった。

僕も、全身泥だらけになりながら、たくさんの魚を取ったけれど、だんだん気持ちが冷めてきたのに気がついた。

「ゆうじ、なにかちがうよなあ」

「うん、全然ちがう。こんなの、楽しくないもん」ゆうじは、足元の魚を見ながら、そういった。

「自分たちで、かいぼってないからかなあ?」今度は、まさあきに聞いてみた。

「もっと、ほかのことだと思うよ」まさあきは、しばらく言葉を選んでいたが、やがて、こういった。「そうだよ、これはずるいんだ」

「けんじ、どうだ？」と、あきらがやって来た。

「なにか、調子がくるっちゃって」僕がこたえると、あきらも黙ってうなずいた。

結局、僕たち四人は早々に川から上がることにした。しかし、まだまだ村中から、大人やら子どもやらが押しよせてくる最中だった。

「どうなっちゃうんだろうな、この川」

「わかんない」

橋の上から、人けのない下流のほうを見ると、黒々とした川底に、点々と横たわる魚が見えた。まるで、それは、白い貝殻のようで、日差しにきらきらと揺れていた。


この事件が、蜆川の埋め立て工事の測量のためであることを知ったのは、三ヵ月もたってからだった。その年の秋から冬にかけて、半年にもわたる大工事が進められ、蜆川は跡かたもなく埋め立てられた。川の半分は、自動車のすれちがうことのできる道路となり、あとの半分に、コンクリートの細い用水路がつくられた。僕たちは、学校の行き帰り、毎日、工事の様子を見守ってはいたが、さすがにブルドーザーが入ったときには、声をなくしてしまった。

春になって、蜆川用水路は完成した。その日は、朝から花火が打ち上げられ、竣工式が行なわれた。僕たちには、どうでもいいことだったけれど、ついつい振るまわれるお汁粉《しるこ》とお菓子につられて、みんな集まってしまった。新橋は、ガードレールのついたコンクリートの橋となり、僕たちはそれによりかかった。

「清水の土管も、青大将の石垣も、なくなっちゃったな」

「クワガタの木も、切り倒されちゃったな」

すべてが埋め立てられ、太い道になっていた。そして、用水路沿いには、か細い桜の苗木が等間隔で規則正しく植えられていた。雑音まじりのスピーカーから、町長の声が聞こえた。

「やがては、この桜並木が大きく育ち、この桑原を自然の豊かな村にしてくれるでしょう」

酔っ払った大人たちの拍手と、歓声が聞こえた。

「いい気なもんだぜ」あきらが、大人びた口調でいった。

あきらには、少し裏切られたような、悔しい気持ちがあるらしい。確かに、あの日、ウナギを取ってみせた銀造と、今、酔っ払って話をしている町長は、同じ人物とは思えなかった。

「あのカエル、どうするんだろう?」今度は、ゆうじが、ぽつりといった。

「カエル?」

「ほら、あそこにいるだろう」

一・五メートルほどの切り立つコンクリートの用水路の底に、十センチほど水がたまり、そこに一匹のトノサマガエルがいた。カエルは、その端に手をかけじっと天を見上げていた。

「そうだよ、あのカエルだって、一生ここから出られないんだよ」ゆうじは、めずらしく怒った声でいった。

みんなは、それぞれの思いでここに立っているようだ。僕は僕で、味気なく、真っすぐに伸びた用水路を見ながら、全然ちがうことを考えていた。

それは、何ヵ月も前のことだった。

図画の時間、一枚の白い画用紙が手渡され「一番大切なものを描きなさい」という課題が出た。僕は、図画が得意だったので、張りきっていたのだが一番大切なものが見つからなかった。

早い子は、五分もすると描き出した。お父さんを描く子、友だちを描く子、宝物を描く子、いろいろだった。僕には、大切なものはたくさんあったが、一番となると決められなかった。二十分がたち、三十分がたち、とうとう、あと十分になった。僕の目には涙が浮かんだ。みんなは、描けなくて泣いたと思っただろうが、そうじゃない。一番大切なものが、決められなかったからなのだ。

終了後、担任の先生が来て、こういった。

「けんじ、描けなかったのか」

僕は、うつむいたまま黙っていた。

「まあ、むりに描かなくてもいいさ。なにも描かないでおくことも、それはそれで大切なことだ。なにもしないほうがいいことだってあるからな」先生は、そういうと僕の頭をぽんぽんと叩いた。

真っ白な画用紙が、やけにまぶしく見えた。

どうして、こんなことを思い出したのか、自分でもよくわからなかった。

あきらの投げた小石に驚いて、トノサマガエルが上流へ泳ぎ出した。どこまで行っても、どこまで行っても、土手には上がれないことも知らずに。

大人たちの宴《うたげ》は、まだまだ続くようだった。

泣けない魚たち

ザリガニの味

僕にザリガニの味を教えたのは、岩田こうすけだった。

背が高く、色黒のこうすけは、六年生の春に、僕のクラスにやって来た転校生で、無口な男だ。学年は同じだが、彼は一年留年している。本当なら、中学一年なのだ。前にいた学校で留年したらしいのだが、その理由は、本人と先生以外だれも知らない。

みんなは、勉強ができなくて落第したとか、不良だから落第したとか、勝手なことをいっていたが、こうすけの成績は普通だし、決してらんぼうな男ではなかった。こんなことをいわれるのも、こうすけが無口で、あまりしゃべらないせいだと思う。なにしろクラスで、こうすけと話をしたことがあるのは、僕一人だけだった。

土曜日の午後、僕は神社でこうすけを待った。ザリガニ釣りへ行く約束をしたからだ。ザリガニ釣りはやったことがあるので、釣竿《つりざお》とポリバケツ、エサのスルメも忘れずにもってきた。約束の時間に少し遅れて、こうすけはやって来た。手には、古ぼけたブリキのバケツをもっている。

「おう、待ったか」と、こうすけはいった。

「ううん。今、来たところだよ。エサはこれでいいかな」

こうすけは、僕の手をジロリと見ると、

「スルメは、二人で食おうぜ」と、いった。「それからな、ポリバケツも釣竿もいらんぞ」そういって、ブリキのバケツをぐるぐると回した。

僕は、神社のクスノキのほこらに、釣竿をかくすことにした。この木は、胴回り十五メートルもある大木で、国の天然記念物に指定されている。見たことはないけれど、上のほうにあるほこらには、フクロウが住んでいるらしい。

僕は、ほこらに釣竿をかくすと、ひょいと木から飛びおりた。そして、がじがじとスルメをかんでいるこうすけについて、がじがじとかじりながら歩いた。

「さとる。これなあ、大人は、アタリメっていうんだぜ」

「えっ、スルメはスルメじゃあないの？」

「スルメのスルっていうのは、お金をスル、なくすことなんだってさ。えんぎが悪いから、アタリメっていうらしいんだ」

「へーっ」

「川に生えてるヨシがあるだろ。あれだって、ほんとうの名前は、アシっていうんだ。だけど、アシは、悪しにつながるからヨシっていうんだぜ」

「へーっ、そうなのか」

「大人って変だよ。スルメはスルメ、アシはアシなのになあ」

こうすけは、きげんがいいらしい。その証拠に、今日はよくしゃべる。学校では無口なこうすけだけれど、二人のときは、いろいろなことを教えてくれた。

僕たちは、町はずれの味噌蔵《みそぐら》の路地に入った。路地には、子どもがすっぽりと入ってしまうくらいの大きな樽《たる》が横だおしに並べてある。大きなものは、僕の勉強部屋くらいありそうだ。こうすけはわざわざその樽によじのぼり、ひょいひょいと渡っていった。薄暗い路地を抜けると、そこは、家下川《やしたがわ》だった。

「さとる。ここが秘密の場所だ」こうすけは、自慢げにいった。

味噌屋の排水口から、湯気をたてた排水が、どぼどぼと川にこぼれ落ちている。そして、そのあたりだけが少し深く、池のようによどんでいた。

「ここはな、いつも温かい水が流れ込んでいるから、ザリガニなんて、うじゃうじゃいるぜ。それに、排水は豆の煮汁で栄養がいいから、でっかいのがいるんだ」

僕は、驚いた。味噌屋の裏に、だれも知らないザリガニの巣があったなんて。それよりなにより、転校して一ヵ月足らずのこうすけが、こんな場所を知っているなんて。

こうすけは、土手のアシを二本折ると、一本を僕に渡した。

「さとる。ヨシ・アシのアシだ」

「これ、竿なの？」

「おう、これが竿だ」

こうすけは、手ぎわよく先っぽの一枚を残して、あとの葉をぜんぶむしりとった。

そして、草かげから、トノサマガエルを一匹つかまえてきた。

「そのカエルどうするの？」

「これか、こうするんだ」

こうすけは、カエルの足をカリッとかむと、一気に皮をひきさいた。

「ひっ」

声が出なかった。だって、カエルの皮は、足の先から頭まで、ずるりときれいにむけたのだ。こいつは、野蛮人だ、と僕は思った。

「なんだ、カエルの皮もはいだことないんか」

「うん」

「やるか？」

「いや、いい」

「よし。さとるは、ちょっと見てろ。いま、一匹釣るからな」こうすけはそういうと、アシの葉先を器用にカエルの足にしばりつけた。

皮をむかれたカエルは、それでもじたばたと動き、吊るされたまま水面におろされた。丸はだかのカエルが、ひょんひょんと水面に波紋を広げる。

静かなときが、流れた。しばらくすると、水底の泥がもくもく動いた。

「来た来た。さとる、よく見とけ」

こうすけが、カエルの波紋を浅場に動かしていく。するとどうだろう。うっすらと濁《にご》った水底から、真っ赤なはさみのザリガニが次から次へと現れた。二十匹はいるだろう。こうすけは、一番でかいやつをねらっている。やがて、そのザリガニは、片方の大きなはさみでカエルをつかむと、ゆっくり抱きかかえるようにした。こうして、一匹目のザリガニは、釣られたのだった。

「どうだ」

「うん。すごい、すごい」

「さとるは、カエルのエサが苦手みたいだから、こうしよう」そういって、こうすけは釣ったばかりのザリガニの胴体を、ポキリと折った。右手と左手に、ザリガニの頭としっぽは離れた。

「見ろよ」

地面におろすと、ザリガニの頭のほうは、真っ赤なはさみをふりかざして僕たちを威嚇し、何事もなかったかのように後ずさりして川へ帰っていった。

「しっぽ、はえてくるかな?」

「ヘヘッ、たこじゃないぜ」こうすけは笑いながら、しっぽのカラをむいた。

固いカラをはがすと、半透明の白い身が現れた。カブト虫の幼虫のような形だった。

「さとる。さわってみろよ」

「うん」

手に取ってみると、その身はひんやりと冷たく、ぴくぴくと動いた。僕は、その身をアシの葉先にしっかりと結んだ。

「ザリガニのエサは、ザリガニの身が一番だ」こうすけは、そういって笑った。

それからは、僕にもおもしろいほどよく釣れ、二人で次つぎ釣りまくった。今まで僕の知っているザリガニ釣りは、釣れるのを待つという釣りだった。だけど、今日はちがう。ザリガニが、僕のエサを待っているのだ。いちごのように赤いはさみを広げて、僕がエサをおろすのを待っているのだ。

二時間も釣っただろうか、バケツは、ザリガニでいっぱいになってしまった。ザリガニは、いくえにも重なっている。重そうなはさみが、ブリキのバケツに当たって、カシャカシャと鳴った。

そのとき、こうすけが、こういった。

「おい、さとる。このザリガニ、食おうぜ」

「えっ」僕は、返事につまった。だって、ザリガニを食べるなんて、考えてもみなかったからだ。「本当に、食べられるの？」

「なかなか、うまいんだぜ、これが」

こうすけは、もう、その気でいる。いい出したら聞かない男だ。僕は仕方なく、いわれるままにマキを集めた。

「こうすけ。たき火なんかやってだいじょうぶかな？」

「なんでだよ、おれはいつもやってるぜ」

「でも学校で、禁止になってるよ」

「学校は、火遊びに水遊び、なんでもかんでも禁止するところなの。気をつけてやれば、だいじょうぶだって」

「そうかなあ」

「そうさ。部屋の中で、たき火やろうってわけじゃないぜ」こうすけは、そういって笑った。

それから、手ぎわよく人の頭くらいの石に小枝を数本立てかけ、その下に枯れ葉をつめこんだ。そして、ポケットから百円ライターを取り出した。ライターの火は、枯れ葉に燃えうつると、いきなり形を変えた。パチパチとはじけながら、火は広がっていく。火がどんどん姿を変えていくのを見ていると、だんだん心のもやもやが晴れてくるような気がした。

(よしっ。ザリガニを食べるぞ)僕は、そう決意した。

「さとる。二人で五匹ずつ食べようぜ」

バケツの中の四十匹ほどのザリガニの中から、僕たちは五匹ずつ選んだ。

「おっ、こいつはでかい。おめでとう、君は、僕のごはんに選ばれました」と、こうすけが笑った。

「ピンポーン。君は、ミス・ザリガニです。かくごしてください」と、僕も笑った。

「君は、かまゆでの刑です」

「君は、悪魔のいけにえです」

二人でげらげらと笑いながら、ザリガニを選び、残りは川に逃がした。

こうすけはかまど風に石を組み、その上にバケツを乗せた。燃える火の上で、ザリガニのバケツはピシピシ音を立てた。水が煮立つと、ザリガニはゆらゆらと踊るように動き、やがて、赤黒い体は白っぽくなり、きれいな紅色に茹で上がった。

「あっちちっ。さとる、こうやって食うんだ」こうすけは、さっきと同じようにザリガニのカラをむくと、口にほおばった。「うんめえ。おまえも食えよ」

「うん」

僕も、ザリガニをむいた。生きているときにくらべ、小さく縮んでいたので、カラはするりとむけた。身は真っ白で、かたくしまっている。勇気を出して、その身を口に運んだ。

「うまい。エビみたいだ」

ザリガニは、少し泥臭いエビの味だった。上品ではないけれど、ほっこりとして、なにやら秘密の味がした。

しばらくの間、二人は無言でザリガニを食べた。

とても、残酷なことかもしれない。でも、楽しくて楽しくて、どきどきした。友だちにいったら、軽蔑されるかもしれない。お母さんにいったら、叱られるかもしれない。でも、僕は、平気だった。これは、僕とこうすけの、二人の秘密なのだから。

「こうすけは、いつもこんなことしているの」

「いつもってわけじゃないけどな」

「おいしいけど、ちょっと、残酷だね」

「そうかな、豚肉食べるのも、卵食べるのも、ザリガニ食べるのも、みんな同じだよ」

「そりゃ、そうだけど……」

「だけど、うまかっただろう」

「そりゃ、そうだけど……」

「そりゃあ、そうだけどお……」こうすけが、オーバーなゼスチャーで、僕のまねをしたので、つられて笑ってしまった。なにが残酷で、なにがそうでないのかはわからなかったけれど、ザリガニはおいしかったし、なによりとても楽しかった。

こうすけは、土手の草の上に大の字に寝ころがると、空を見ながらこういった。

「だけどな、さとる。ザリガニってのも、かわいそうなんだよ」

「どうしてさ」

「アメリカザリガニは、アメリカから来たんだ」

「昔から、日本にいたんじゃあないの？」

「ううん、アメリカからエサとして輸入されたんだ」

「エサ、エサって、なんのエサ？」

「食用ガエルって知ってるか」

「うん、ウシガエルだろう」

「ああ、昔、戦争があってさあ、食べるものがない時代があったんだって。そのとき、ウシガエルを養殖して、みんなで食べようと、考えた人がいたんだ。そのウシガエルのエサにするためアメリカから取りよせたのが、この、アメリカザリガニなんだ」

「へーっ、もともとは、ウシガエルのエサだったんだ」

「人間が、勝手に決めたことだけどな。ザリガニはザリガニだもん」

「こうすけ、よく知ってるね」

「岐阜のじいちゃんに、聞いたんだ。でも、こいつら、強いんだぜ。そのあと、だれもカエルなんか食べないってんで、こいつらも川に捨てられたんだよ。見たこともない日本の川や池で、知らない仲間たちの中で、こいつらはふえ続けたんだ。今じゃあ、日本中にいるぜ」

「ザリガニって、強いんだ」

「うん、本当に強いよな。捨てられても、泣かないもんな」そういって、こうすけはしばらくの間、黙りこんだ。

空はばかみたいに青く、僕たちは、しばらく黙って空を眺めていた。

そして、味噌蔵の影がせまるころ、帰ることにした。昼間、待ち合わせた神社で、こうすけと別れてから、僕は全力で走った。頰にあたる風が気持ちよく、息が切れても、息が切れても走りつづけた。

僕が、こうすけに両親がいないと知ったのは、それから、ずいぶんあとのことだった。

若鮎の川

こうすけと初めて会ったのは、春休みの終わりだった。

その日、僕は、新学期のノートを買いに川むこうの文房具屋へ行き、その帰り道、天神橋《てんじんばし》にさしかかった。天神橋というのは、矢作川《やはぎがわ》にかかる橋のことだ。矢作川は、岐阜、長野、愛知の県境に生まれ、三河湾に流れ込む一級河川である。

橋を渡りながら下を見ると、下流の堰堤のところに、釣り人が見えた。僕は、なにが釣れるんだろうと思い、自転車を止めて土手をおりていった。先日の土手焼きのせいで、運動靴は真っ黒によごれてしまった。

近づいてみると、おじいさんと男の子だった。男の子は、僕より二つ三つ年上のようだ。おじいさんは、十メートルもある釣竿を横手にもち、膝まで水につかった状態で、穂先をじっと見つめている。そして、男の子は、うしろのほうの石垣の上で、静かにそれを見ていた。僕は、男の子から少し離れて、おじいさんを見ることにした。

おじいさんは、「待ちガリ」をやっているらしい。「待ちガリ」というのは、糸の先にビー玉くらいのオモリをつけ、その下に二十から三十本の針を付けた糸を結んだ鮎《あゆ》釣りの仕掛けだ。この仕掛けを、鮎の群れていそうな流れに入れる。すると、ひらひら舞うように泳ぐ鮎は、エサもついていないこの針に、引っかかってしまうというわけなのだ。

早春のまだひんやりとした風が、川を渡り、僕たちをつつんだ。

そのとき、竿先が、こつんと動いた。おじいさんが竿を立てると、糸が水を切り、針の下のほうに魚が光った。

(釣れた)

ところが、次の瞬間、魚は反転して、流れの中に消えていった。

「あかん、あかん。まだ、時期が早いな」おじいさんは、そういいながら水から上がると、「半日やって、三つや。まだ、アユが上ってきとらんな」と独りごとをいって、釣竿をたたんだ。

魚籠《びく》をのぞくと、十センチくらいの若鮎が黒い背を見せ、つんつんと泳ぎながら、鼻先で網をこづいていた。

おじいさんは、無造作に魚籠を引き上げると、

「初アユだ、初アユだ」と、いいながら帰ってしまった。

そして、河原には、僕と男の子がとり残された。男の子は、おじいさんの連れではなかったらしい。仕方なく僕は、堰堤を途切れることなく落ちる水の音に、しばらく耳を傾けていた。

やがて、男の子は立ち上がると、浅瀬に顔を出す石の上をひょいひょいと渡り、落ち込みの泡立つあたりをのぞき込んだ。なにやらそこにいるらしく、立ったりしゃがんだりしながら、のぞき込んでいる。

僕は、思い切って、

「ねえ、なにかいるの」と、呼びかけたが、男の子は振りかえらなかった。「ねえ、なにかいるの」もう一度呼ぶと、男の子は気がついたらしく、ジロリとこちらをにらんだ。しかし、すぐにまた、素知らぬ顔で流れの中をのぞき込んでしまった。

堰堤を落ちる水の音が、急に重くなった。僕は彼に背を向けると、腹立たしさと淋しさを残したまま、一気に土手を駆けあがった。

翌日、僕は、お母さんにお使いを頼まれ、家を出た。そして、きのうと同じ橋の上で、また、彼を見つけたのだ。彼は、きのうと同じ場所に同じ格好で、しゃがみこんでいた。

(きのうから、ずっと、ああして座っていたのかな?)

僕は、少し気味が悪くなった。しかし、しばらく見ていると、彼は、川の中の石をもち上げたり、ひっくり返したりしはじめた。

(なにをしているんだろう?)

不思議に思っていると、今度は、むこう岸のネコヤナギの下へもぐりこんだ。ますます、不思議だった。やがて、彼は両手を胸にあて、なにかを抱えてもどってきた。

(魚だ)

僕は、土手を一気に駆けおりた。

「なにか、取れたの?」

彼は、少し驚いたように顔を上げ、

「なんだ、おまえか」と、いった。

彼の足元には、石で囲んでつくったらしい生けすがあり、数匹のフナやウグイが入っていた。

「すごいね、これ、みんな手で取ったの?」

彼は、迷惑そうにうなずいた。

「すごいな、ほんとすごいや」僕はしゃがみこんで、生けすをながめた。

しばらくすると、彼がいった。

「おまえ、魚、好きか」

「うん。下手くそで、あんまり釣れないけどね」

「……来いよ」

ぶっきらぼうな言葉使いとするどい目付きが、少し怖いと思ったが、僕は彼の背中について、裸足で川へ入っていった。水は思いのほか冷たく、気持ちがいい。浅瀬を選んで、ざばざばと対岸へ渡ると、ネコヤナギの木の前で、彼は立ち止まった。ネコヤナギの根元は川の流れにえぐられて、細い根っこがたくさんむきだしになっている。彼は前かがみになると、両手を水に浸け、洗うようなしぐさをし、ひと言、

「……見とけ」と、いった。

そして、根っこのかたまりの下から、ゆっくりと両手を差し込んだ。根っこの奥は深いようだ。肩まで水につかっている。

「よしっ」

彼の肩が揺れた。ゆっくりと手を抜き出すと、真っ白な腹のウグイが、両手にがっちりと握られていた。

「えっ。すごい、すごい。なんで、なんで」僕は思わず、おどり上がった。

「やれよ」ウグイを逃がしながら、ふいに彼は目で合図をした。

思い切って、僕も手をつっこんだ。木の根っこが、さわさわと腕をくすぐる。

（なるほど、ここが、魚のかくれがだな）と、思った。さらに、手をつっこむ。コツン、なにかさわった。

「いるよ、なにかいる」

振りかえると、彼は（やれ）と、いうようにあごをしゃくった。おそるおそる、そいつを握りしめた。そのとたん、ばがばがばっ、黒い影が飛び出した。

「コイだ」彼が叫んだ。

僕は、なにがなんだかわけがわからず、尻もちをついていた。

「だいじょうぶだ、だいじょうぶ。今、あの根にもぐった。でかいぞ、五十センチはある」彼の声は、うわずっている。

僕は、ずぶぬれのまま、がばりと起き上がった。

「だいじょうぶ？」

「二人でやれば、だいじょうぶだ」

さっきまでの、ぶあいそうな彼ではなかった。

「いいか、手を冷やせ、手を」

僕たちは、両手を水に浸けた。

「魚はな、冷たい水の中に住んでいるだろ。だから、温かい人間の手には、びっくりするんだ。魚にしてみれば、やけどしそうにあついんだぜ」

なるほど、と思った。

「よし、まず、おれが頭を押さえるから、お前は腹をもつんだ。絶対に、しっぽはさわるな。びっくりして、走りだすからな」

彼は、そっと、手を差し込んだ。しばらくして、やつを見つけたらしい。

「よおし、いい子だからあばれるな。そうだ、そうだ」

(なんだか、赤ちゃんをあやしているみたいだ)

「おい、おれの横から手をつっこめ。そっとだぞ」

僕も手を入れた。

(いる、さっきのやつだ)

ところが、僕が、さわったとたん、
ぐあばばばばっ。

「ばかやろう、そっとだ、そっと」

「だって」

「おさえろ、おさえろ、根っこの上から、おさえろ」

ぐあばばばばっ。

鯉はけんめいにもがいている。気がつくと、僕たちは川の中に座りこむ格好で、鯉を押さえこんでいた。ずぶぬれだった。

「やったな」

「やった、やった」

その声は、まだ、うわずっていた。

僕たちは岸にもどり、ずぶぬれのシャツとズボンを石の上に干した。生けすの中には、さっきの大鯉が背中を出して泳いでいる。しばらくして、彼がいった。

「この川、ちょっと、にごっているな」

「にごってるかなあ」

「ああ、おれの知っている川にくらべるとな。でも、捨てたもんじゃない。魚は、たくさんいるぜ」

「たくさん、いるの?」

「ああ、けっこういる」

「僕、釣りするけど、あんまり釣ったことないよ」

「下手だからよ」

(失礼なやつだな)

「コイだろ、フナだろ、アユだろ、ハエにウグイにスナモグリ、ウナギにナマズに、まだまだいるな」

「タナゴもいるよ」

「そうか。あっ、そうだ。ちょっと来いよ」彼は堰堤に駆けより、僕を呼んだ。「あの水の落ち込みのところ、よく見ろよ。アユが、上っていくぜ」

「どこ、どこ」彼と同じようにのぞき込んで見た。

「ほら、のぼった。見えるだろ」

「えっ、どこどこ」

「あの石と石の間。細い影が、のぼっていくぜ」

「んー、よくわかんないや」

一所けんめい見たが、鮎はやっぱり見えなかった。僕に見えないものが見える彼が、うらやましく思えた。

「そのうち、見えるようになるさ」と、彼はいった。そして、「そうそう、きのうのじいさん。三匹しか釣れなかっただろ。なんでかわかるか」

「まだ、早いっていってたけど」

「ちがう、アユはたくさんいるぜ。糸が太いんだ。今のアユは、小さいから、細い糸じゃないと掛からないんだ。それに、竿もかたすぎたな。あれじゃ、皮のやわらかい春のアユは身ぎれして、釣れても落ちてしまうな」

「よく、知ってるね」

「ああ、おれ、アユの川から来たんだ」

「アユの川？」

「長良川《ながらがわ》。岐阜県の山の中さ」

「引っ越してきたの？」

「おといな」

「何年生？」

「六年だ」

「じゃあ、僕と同じだよ」

彼は、僕の学校の転校生なんだ。僕は、このぐうぜんがうれしかった。

しかし、彼は急に立ち上がると、最初のぶあいそうな顔にもどり、

「あの魚、やる」と、いった。

そして、シャツとズボンを丸めると、逃げるように走っていった。僕は、彼のうしろ姿を見送りながら、(変なやつだな)と、思った。

河童のかくれが

僕の学校は、矢作川から一キロメートルほど離れた、田んぼの中の、ごく普通の小学校である。田んぼの中にあるから、田舎だと思うだろうが、僕の住む町には、世界一の自動車工場がある。お父さんが子どものころは、見渡すかぎりの丘と田んぼだったらしいが、今では、何キロメートルもの塀をもつ工場が建ちならんでいる。

でも、工場がふえ、働く人がふえ、住宅がどんどんふえているわりには、自転車で少し行けば、山もあるし、川もある。野原や、空き地も、まだまだ残っている。

新学期になった今日、川で会ったあいつは、転校してきた。

僕は、朝から落ち着かなかった。あいつと同じクラスになれるかどうか、心配だったからだ。六年生は、ぜんぶで三クラス。三分の一の確率だが、僕は、どうしても同じクラスになりたかった。朝の会の時間に、担任のゴジラは、少し遅れてやって来た。ゴジラというのは、先生のあだ名だ。顔がごつごつしているし、怒るとゴジラみたいな声を出すからだ。そのゴジラがいった。

「今日から、このクラスに、新しい友だちが入ります。さあ、入っておいで」

ゴジラは、廊下に立っているらしい生徒に手招きをした。

(やった。あいつだ)

彼は、白い布のかばんを肩にかけ、両手をポケットにつっこんだまま入ってきた。少しうつむきかげんで、顔を上げなかった。ゴジラに手をはたかれて、両手を出しはしたが、その姿は、みんなにあまりよい印象を与えなかった。

「新しく、このクラスに入った、岩田こうすけ君だ」

紹介されて、こうすけは軽く頭を下げた。

「みんな、仲よくやってくれ。席は、とりあえず、窓ぎわの一番うしろでいいな。わからないことは、学級委員のさとると、けいこに聞け」先生は、そういって、こうすけの肩をたたいた。

こうすけは、もう一度頭を下げると、一番うしろの席についた。僕は、なにか合図を送ろうと思ったが、こうすけは、席につくまで一度も顔を上げようとしなかった。その姿はまるで、だれとも目を合わせたくないように思えた。

下校の時間、教室の中には、おかしな空気がただよっていた。

転校生というのは普通、知らない子どもたちの中でおどおどしたり、また反対に早く友だちをつくろうと友好的であったりする者が多い。しかし、こうすけは、朝からずっと窓の外を見つめたまま、だれとも話をしない。目さえ合わせようとしないのだ。教室中が、彼との接点をもちたがっているのに、彼一人がそれをこばんでいた。せめて声くらい聞きたいと、みんなは思っているのに。

僕は、こうすけと、鯉を捕まえたときの興奮を、まだ覚えている。(あいつだって、僕のことを忘れてはいないはずだ)そう思いながら立ち上がると、窓ぎわの彼の席に近づいた。

「こうすけ君、僕のこと、おぼえてる?」僕は、思い切って、声をかけた。

教室中の視線が、僕の背中に集中しているのがわかった。しかし、彼は、ジロリと僕をにらみつけると、ガタンと席を立ち、黙って教室を出ていった。

(どうして……)

信じられないことだった。僕はなにがなんだかわからず、やるせない気持ちで立ちつくした。みんなは僕を取り囲み、いろいろ聞きたがっているようだった。しかし、ショックで、なにも話す気にはなれなかった。

それから、一週間がたった。

こうすけは、みんなと同じように学校生活を送っていたが、相変わらず、口をきかなかった。放課のときは、窓の外を見つづけ、昼の放課になると、一人で運動場に出ていってしまう。

「あいつ、生意気だな」まさじが、低い声でいった。

「うん、いい気になっとる」いちろうが、答えた。

このごろは、こうすけが教室からいなくなると、すぐこんな話になる。こうすけに反感をもっているのだ。そんなことはどうでもいいという者もいたが、あいつは生意気だ、許せないという者のほうが多かった。勉強や運動のよくできる、ふだんいい子と呼ばれる連中ほど、こうすけの態度が許せないようだった。

「だれか、あいつの家、知っとるかあ」まさじは、少し大きな声でいった。

続いて、いちろうも、

「だれか、知らんかあ」と、いった。

教室は静かになり、みんなは顔を見合わせた。

「だれも、知らんのか。変だな」

確かに、変だった。狭い学区なので、引っ越してきた者がいれば、近所にいる子が知っているはずである。

みつ子が、いった。

「わたし、先生に聞いたんだ。あの子の家、どこかって。そしたら、先生も行ったことないから、よくわかんないって」

これでは、ますますあやしい。

「だれか、あいつを学校の外で、見たやつはいないか」まさじは、少しいばっていった。

「僕、天神橋の近くで見た」ひろしが、いった。

「わたしは、神社で見た」

「いつも、東門から、帰っていくよ」

「おれ、自転車屋の前を歩いていったのを見たぞ」

「矢作川の堤防で見た」

「わたしも、堤防で見た」

情報が集まった。

「うむ、あいつの家はたぶん、東町のほうだな。よし、今日、あとをつけるぞ」まさじが、探偵ごっこのように、そういった。学校が終わったら、こうすけのあとを尾行しようというのだ。

「だれか、行くかあ」

「あ、おれ行く」

「おれも」

まさじと、仲のいいやつらが、返事をした。ほかにも、仲間に加わりたくて、もじもじしている者もいたが、やはり、心のどこかに罪の意識があったらしく、返事をしなかった。僕も、その一人だった。もう、まさじたちは、悪者でもやっつけに行くかのように鼻の穴をふくらませ、相談をしている。結局、まさじと、いちろうと、ひろしの三人で行くことに決まったらしい。


次の日、こうすけについて、とんでもないうわさが流れた。

「あいつは、絶対、河童《かっぱ》だぞ」と、まさじたちはいうのだ。「きのう、三人で、あいつのあとをつけたんだ。そしたら、あいつ、東門を出て真っすぐ天神橋にむかっていくんだ」

まさじの話に、みんな、じっと聞き入っている。

「あいつ、天神橋の土手をおりると、パンツ一枚になったんだぜ」

「えーっ、パンツ一枚？」

「やだーっ」

女の子たちはさわいだ。

「おう、パンツ一枚で、川の中をざばざばって」

だんだん、僕は、ばからしくなってきた。そんなの、魚取りをしていたのに決まっている。

「魚でも取ってたんだろ」と、僕はいった。

するど、三人は、

「ちがう、ちがう」と、声をそろえるのだ。

「そのあとが、たいへんなんだ」

「そのあと？」

「ああ、あいつ、しばらく遊ぶと、服を丸めて上がってきたんだ。そして、そのあと、どこへ行ったと思う？」

みんなは、ごくんと息を呑んだ。

「あいつさ、そのまま、土手を下流に歩いていったんだ。そうさ、河童森に入っていったんだよ」

ここまで聞くと、みんなは、顔を見合わせた。

矢作川は、天神橋の下流で大きくえぐれている。深さが十メートルもあるといわれるこの淵《ふち》は、河童淵といい、人々に恐れられていた。この淵には、河童が住むという、いいつたえがあり、僕たちは、決してここでは、泳がなかった。この河童淵を、おおうように生い茂っているのが、河童森なのだ。ここにも河童の寝床があるといわれ、大人でも、よほどのことがないかぎり、近づくことはなかった。

「本当に、河童森に入ったの？」僕が、聞くと、

「ああ。本当だよな」

「うん、うん」

三人は、声をそろえて答えた。

「それにさ、日が暮れても出てこなかったんだ」

みんなの顔は、こわばっていた。知らずに入ったとか、迷い込んだとかいうことは、考えにくい。だって、あの森は、昼間でもうす暗く、下手なお墓の肝《きも》だめしなど問題にならないほど、うす気味悪い。一人で入り込むなんて、とても考えられないのだ。

「あいつ、河童だよ。絶対に」まさじは、自信ありげにいった。「だって、本当に、

日が暮れても出てこなかったんだぜ」
まさじも、いちろうも、ひろしも、力をこめてそうくりかえした。

あくる日の学校の帰りに、僕はみんなに内緒で、こうすけを尾行した。うしろめたさもあったが、真実を知りたかったし、学級委員として事実を知るべきだと、自分勝手ないいわけを考えたりした。

東門を出ると、こうすけは、やはり天神橋にむかった。それは、僕の家と同じ方向だった。電信柱三本分くらいの距離をあけて歩いていたが、歩けば歩くほど、この距離が、うしろめたく、なさけない距離に感じた。思い切って声をかけようと何度も思ったが、彼が転校してきた日の、あの冷たい目が忘れられず、それはできなかった。

ついに、こうすけは、天神橋の土手をおりると、真っすぐに河童森へ入っていった。

僕は、こわがる自分を押さえ、引きずられるように、続いて入っていった。河童森の中は小枝の多い雑木が生い茂り、うす暗かった。それに、青くさいような、ほこりくさいような、妙な匂いがした。そして、うすやみのむこうでは、河童淵に流れ込む瀬の音が、ザーッと、とぎれることなく響いていた。僕は、いわれぬ不安と心細さ

に、思わず、

「こうすけ君」と、呼んでみた。

すると、その声に驚いて、一瞬、瀬音が消えたような気がした。しばらくの沈黙のあと、

「なんだ、おまえか」と、こうすけが、森の奥から顔を出した。

僕は、今にも泣き出しそうな顔をしていたと思う。ひょっとすると、涙がにじんでいたかもしれない。

「一人か？」こうすけは、ぼそりと聞いた。

「うん、一人。ごめん、ついてきちゃった」

僕は、こうすけに怒られるだろうと思った。うすやみに対する不安と心細さが、こうすけに対する恐れに変わった。

じっと、だまっていたこうすけは、

「こいよ」と、ひと言だけいうと、河童森の奥へ入っていった。

森の中には、こうすけのつくったらしい、細い道があった。子どもがしゃがんで歩けるだけのトンネル状の道で、大人の目の高さからは、かくれて見えない。

「この道、こうすけ君がつくったの？」

「ああ」

「すごいね」

「この木、とげがあるから気をつけろ」

僕はこうすけのあとを、四つんばいになって、ついて行った。

トンネルは、森の入り口から、曲がりくねって、二十メートルほど続くとぽっかりと口を開けた。そこは、三メートルほどの円形の平地で、木に囲まれている。地面は、干し草がしきつめられ、テーブルのような切り株もあった。生い茂る木のすきまから、明るい日差しがさしこみ、水音のする川のほうには、木の間から、河童淵の青い水が見えかくれしていた。

こうすけは、少しもったいぶって、

「おれの、かくれがだ」と、いった。

「かくれが？」

「ああ。秘密の場所だ」

「ここが、君の家じゃあないよね」

「当たり前だろ」

「だって……」

僕は、こうすけに、教室での出来事を話した。みんなが、あとをつけたこと。河童だと、思いこんでいること。ぜんぶを話した。

「じつは、おれ。河童なんだ」

「ええっ」

「ははは。ほんとに河童だったらおもしろいのにな」

「ああ、びっくりした」

こうすけが、笑ってくれたことで、僕はずいぶんと救われた。

「ごめんね」

「なにがだよ」

「だって、ここは、秘密だったんだろう」

「まあな。でも、ばれるときには、ばれるもんだ」

「でも……」

すまなそうに、もじもじしている僕を見て、こうすけはいった。

「どうだ、ここは」

「うん、わくわくする」

「じゃあ、おれたちの秘密にしよう」そういうと、こうすけは、干し草の下から一本のナタを取り出した。「こいよ」

「うん」

こうすけは、ナタを手に合歓《ねむ》の木の下へ歩いていった。たくましいとはいえ、子どものこうすけの腕には、ナタは、やけに大きく映った。

「この木を、おれたちの守り神にしよう」こうすけは、そういうと、合歓の太い幹にガツンとナタを打ちつけた。灰色の皮はえぐれ、白い肉が見える。「ほらっ」

手渡されたナタは、ずっしりと重かった。僕は、ナタをしっかりと握ると、こうすけのつけた傷にあてがった。そして、思い切って、打ちつけた。

ガキッ。

合歓の木の太い幹には、こうすけと僕のつけた、二つの傷がきざまれた。少し痛々しくもある白い×印を見ながら、心の中で、「秘密」という言葉を、何度も何度も呪文のようにくりかえした。

見張り台の上で

「おい、さとる。ロープ取ってくれ」

「これかい？」

「ちがう、細いほう」

「投げるよ」

「よし、サンキュウ」

僕は今、空に大きく枝を伸ばした合歓の木に下にいる。そして、こうすけは、木の枝に足をかけ、サルのような格好で、枝にロープをしばりつけているところだ。

あれから、二ヵ月。僕たちは、毎日のようにここへ通った。まさじたちに気づかれないよう、別々の道を通ってここへ来ては、かくれがの改装をしたのだ。

一つしかなかった部屋も、今では五つにふえた。一つは、今いる守り神の部屋。それから、倉庫とトイレ。あとは、僕の部屋と、こうすけの部屋だ。自分の部屋は、好きにつくってもいいのだけれど、それ以外の部屋は、二人で協力してつくった。

「おーい、さとる。はり金、はり金」

「これ？」

「おう。投げてくれ」

「いくよ」

「サンキュー」

こんなふうに、こうすけは人使いが荒かったが、変に気を使わない態度が、かえってつき合いやすいと僕は思っている。かくれがでは、よく話をした。学校のこと、遊びのこと、とくに、魚釣りの話をするときのこうすけは、一段と生き生きしていた。

でも、僕たちは、相変わらず学校では他人だった。ここでは、こんなに仲よく話をしたり、遊んだりするのに、学校では、いまだに一度もことばを交わしたことがない。一、二度、僕からあいさつをしたこともあったけれど、こうすけはまったく無視した。

だから、二人の関係は、先生や友だちはおろか、お母さんだって知らないことだった。でも、学校で話をしないからといって、二人の関係がこわれるわけでもないし、こうすけがそれを望むなら、それでいいと思っていた。それに、秘密の味というのも、なかなかいいものなんだ。

「おーい。足場、二本組めたぞ。新しい丸太取ってくれ」

「こっち？」

「どっちでもいいから、早く」

「とどくかな？」

「とどく、とどく」

木の上にいるこうすけに、僕は背伸びして、丸太を差し出した。こうすけも手をいっぱいに伸ばして、それをうけ取った。

「これ一本組めたら、昼飯にしようぜ」

「ＯＫ。気をつけてね」

「落ちるもんかよ」

こうすけは、うけ取った丸太を、木の枝にくくりはじめた。三本の丸太で、枝に平らな三角形をつくり、そこを床にしようというのだ。つまり、木の上に平らな床をつくり、見張り台にするつもりなのだ。

この計画は、なにをかくそう、僕が考えた。『水滸伝《すいこでん》』という本（漫画だけれど）を読んでいて、思いついたのだ。山賊が、切り立つ岩の上で、見張りをしているのがかっこよかった。だから、絶対につくりたかった。

はじめのうち、こうすけは、浮かない顔をしていたけれど、仕方なく協力してくれた。初めて気がついたが、二人でなにかを決めるとき、多数決では決められないんだ。どちらかが、がまんするしかない。でないと、ケンカになるから。それで、今回は、こうすけががまんしているというわけだ。がまんしているといっても、僕たちの場合、すぐに楽しくなってしまう。今でも、こうすけのほうが汗をかいてがんばっているように。

「よし、できた」こうすけは大声でいうと、三本の丸太に手と足をかけ、猿のようにゆさゆさ揺すった。

「だいじょうぶ?」

「へっちゃらさあ」こうすけは、自信たっぷりにこたえると、ハシゴを伝っておりてきた。ハシゴといっても、三十センチおきに結び目をつけたロープである。

「おつかれさん」

「なんとか、今日中にできそうだな」

「ほんと?」

「大工が、いいからよ」

「昼ご飯にしようか」

「おう。手、洗ってくらあ」

こうすけが、川のほうに消えたので、僕は、昼ご飯を取りに自分の部屋へむかった。昼ご飯といっても、塩むすびと、台所からくすねてきたカンヅメが一つだ。

はじめは、うす気味悪かった森も、何度か足を運ぶうちに平気になった。今では、家より、学校より、ここが好きだ。木々の枝葉につつまれていると、風のささやきが聞こえる。鳥の声や、川のせせらぎも聞こえる。ここは、決して、暗く、うす気味悪い場所ではなく、木のすきまから落ちてくる木もれ日が、とても暖かい場所なのだ。

僕の部屋は、四角だ。そんなの当たり前だと思うだろうが、ここで四角い部屋は、僕の部屋だけだった。ほかは、ぜんぶ丸い部屋である。それは、こうすけが、「動物の巣は、すべて丸い。ごろごろしやすいし、落ち着けるから、部屋は丸にかぎる」と、いうからだった。

でも、実際に、そのとおりである。自分を中心にして部屋をつくると、どこにでも手の届く円形が、便利なことに気づく。それじゃ、どうして、僕の部屋が四角いかというと、それは机のせいだった。

一ヵ月くらい前、粗大ゴミの日に、空き地で小さな机を見つけた。正座して使う、古い机なのだけれど、どうしてもほしくなって、ここへもち込んだ。ところが、丸い部屋に四角い机は、どうも納まりが悪い。そこで、丸かった部屋を、わざわざ四角につくり替えたってわけだ。

守り神の部屋にもどると、こうすけが待っていた。

「腹へったぞお」

「はい、おまたせ」

僕は、紙袋から、塩むすびとカンヅメを出し、切り株のテーブルに置いた。

「おー、サンマのカンヅメ。ごうせいですな」

「たまには、いいだろ」

「たまにもなにも、いつでも許す」そういって、こうすけは、塩むすびにむさぼりついた。

たまにはといったのには、わけがある。以前、コンビニの弁当をもってきたら、こうすけは、

「こういう食い物は、軟弱でいかん」と、いったのだ(そのくせ、残らずに、たいらげた)。

で、いつのまにか、ここでの昼めしは塩むすびと決まってしまったんだ。それに、

釣った魚もよく食べた。はじめは、日曜の昼めしは交代で用意しようと決めていたのだけれど、こうすけが当番のときは、いつでも、芋とか、釣った魚を焼いて、「さあ、ごちそうだ。食え、食え」と、やるもんだから、いつのまにか、僕がいつも塩むすびをもってくるようになってしまった。確かに、焼いた芋や魚も、うまかったが、僕の手製塩むすびの敵ではなかった。

「さとる。カンヅメって、男の食い物って感じするだろ」

「そうかなあ?」

「そうだよ。男の味だよ」こうすけは、そういい切ると、ひょいと手を伸ばし木の枝を折った。そして、それを二本に折ると、箸にしてカンヅメをつまんだ。「うめー。さとるも食えよ」

「うん」

確かに、カンヅメはうまかった。しかし、ここで食べれば、なんでもうまかったのかもしれない。

ぜんぶたいらげると、二人で、干し草の上にごろりと横になった。仰向けになると、さっき、こうすけのしばりつけた、丸太の三角が目の前にあった。

「こうすけ、このあと、どうするの?」

「ああ、あの三角にな、この前切った丸太を並べて、ぜんぶしばるんだ。そう、イカダをつくる感じだな」

「手すりもほしいね」

「それはいいな」

「昼からは、僕も手伝うよ」僕は、そう返事をして、立ち上がった。

「なんだ、もう始めるのか」

「早くやっちゃお」

「そうだな」

こうすけも立ち上がった。そして、木に登ると、僕の手渡す丸太を、一本ずつ針金でしばりつけていった。めんどうな仕事だが、こうすけは要領よくこなし、十本目くらいになると、こういった。

「さとる。上がってくるか?」

「もういいの?」

「少しせまいけど、だいじょうぶ」

僕は、なわばしごにつかまって、のぼっていった。木の上は、思ったよりずいぶんと高かった。

「高いだろう」

「思ったよりね」

「こわいか？」

「平気だよ」

本当は、平気じゃなかった。足が、少し震えているのがわかった。でも、こうすけにそれを気づかれないように、

「僕、手すりをつけるよ。ここでいいかな」そういって、丸太を枝にあてがった。

「しっかり、止めとけよ」

「わかった」

こうすけには、ばれていないようで、僕は安心して仕事にかかった。

一時間ほどかかって、ついに、見張り台は完成した。

「できたな」

「うん、できた」

「なかなか、いいな」

「ずいぶん、いいよ」

「手すりも、がんじょうだぞ」

こうすけは、手すりを両手でゆさゆさと揺すった。僕も、立ち上がって揺すった。もうこわくはなかった。

木々の間から、遠くまで見渡せた。正面には、堤防と家々の屋根、右手には天神橋が見えた。左手は重なり合う森の木々、うしろには河童淵が、抜けるような紺色をさらしていた。そして、見張り台の上は木の下とちがい、川から風が吹いており、僕たちの汗ばんだ体を、ひんやりといやしてくれた。こうすけが、いった。

「さとる。アユの匂いがするな」

「えっ。アユ？」

「風だよ、風」

僕は、河童淵からの風を吸い込んでみたが、よくわからなかった。

「わからないか？」

「うん。わからない」

「アユはさ、どことなくスイカの香りがするんだ」

「またあ、だまそうとしたってだめだよ」

「本当だぜ。今度、教えてやるよ」

「本当なの？」僕は、まだ、うたがっていた。

「さとる。お前に初めて会ったとき、若アユが堰堤を上っていただろ。あれが十センチそこそこ。今じゃあ、十五センチか二十センチくらいに育ってるぜ」

「そんなに、育つの？」

「アユは、年魚だからな」

「年魚？」

「生まれて、一年で死んでしまう魚のことだ。アユはさ、晩秋に川で生まれるんだ。そして、すぐ、三センチにも満たない稚魚は川を下る。海まで下るんだ。赤ちゃんのうちから、旅に出るんだぜ。寒い冬を港で過ごすと、春、今度は川を上るんだ」

「海から、ここまで上ってくるの？」

「ああ、ちょうどおれたちと同じくらいの年のアユがな」

「すごいなあ」

「すごいだろう。で、大人になったアユは、岩についたコケを、食べはじめるんだ」

「あ、それは知ってる。エサを食べるために、ナワバリ争いをしたり、ケンカをしたりするんだよね。あっ、待てよ。コケを食べるから、スイカの匂いがするのかなあ」

「そうかもな。で、ケンカばかりの夏を過ぎると、秋、卵を産んで死んじゃうってわけだ」

「なんか、かわいそうだね」

「なんで？」

「一年しか、生きられないんだろう」

「長く生きればいいってもんじゃないぜ」そういって笑う、こうすけのことばは、とても大人びて感じられた。

しばらく、景色を見渡したあと、僕は、思い切って、こうすけに聞いた。

「ねえ、こうすけは、どうして、学校で話をしないの？」

「まあ、いろいろな」

「学校で、ひと言も口をきかないなんておかしいよ。こうすけなら、話をするだけで、友だちがたくさんできるはずなのに。友だちがたくさんいたほうが、楽しいじゃん」

「お前、本当に、そう思うか？」

「えっ」

意外だった。だって、友だちがたくさんいるほうがよいなんて、当たり前のことじゃないか。僕は、自分自身に念を押すようにいった。

「そりゃ、友だちがふえれば、楽しいこともふえるよ」

「おれは、そうは思わん」こうすけは、いい切った。「おれ、じいちゃんにいわれたことがあるんだ。十人の友だちより、一人の友だち。一人の友だちより、自分自身だって」

（そんなの、まちがっているよ）そういいたかったが、それはできなかった。だって、こうすけの一人の友だちというのは、僕のことだし、僕は、それがうれしかった。学校では、口をきかなかったけれど、こうすけを独りじめした優越感を、みんなに対してもっていたからだ。そんな僕が、ちがう、などといえるわけがなかった。

「さとる。じいちゃんがいってたんだけどな、地震とか、台風がきたときに、友だちがたくさんいたって、仕方ないんだよ。自分自身を守れなきゃ、ほかの人だって守れないんだぜ。それに……」

「それに？」

「何人守れるかじゃなくて、だれを守れるかが大切だろ」こうすけは、いつになく真剣な顔をしてそういった。

僕は、だんだん、自分自身がいやになってきた。自分の中にいる「いい子」が、たまらなくいやになってきた。もう、なにもことばがでなかった。

数え切れぬ鮎を生み、育ててきた川が、ざあざあと途切れることなく流れている。

この川は昼も夜も、休むことなく、僕の生まれる前から、ずっとずっと流れているのだ。

僕たちは、川の音に吸い込まれるように聞き入った。

やがて、こうすけは、川の音を断ち切るようにこういった。

「さとる。この見張り台さ、いったいなにを見張るんだろうなあ」

ひとりぼっちの金魚

夏休みに入ると、僕とこうすけは、一大計画を立てた。それは、金魚屋の魚を釣ってしまおうというもので、早い話が、泥棒である。そもそも話の始まりは、終業式の前日の、あきらの自慢話からだった。

「おれさあ、きのう、とうさんと釣り堀へ行ったんだぜ」教室の一番うしろの席で、あきらがそういうと、僕たちは、あきらのまわりに群がった。

「釣り堀って、どこの？」

「北町の釣り堀」

「県道沿いの？」

「うん。とうさんと行ったんだ。コイのさあ、でっかいのばっかり、うじゃうじゃいるんだぜ」あきらは、両手をいっぱいに広げて、少し大げさに、そういった。

「ええっ、ほんとかよ」

「うそだろ」

みんながざわつくと、あきらは、

「いや、このくらいだったかな」と、照れながら、広げた手を六十センチくらいにもどした。そして、「とにかくさ、釣れる魚、釣れる魚、ぜんぶこんなにでかいんだ。なにしろ、一メートル十センチの魚拓《ぎょたく》が、はってあるんだぜ」

一メートル十センチ。それは、僕たちの想像をはるかにこえていた。まるで、浦島太郎のカメの世界である。僕は、身を乗り出して、あきらに聞いた。

「その池さあ、ぜんぶコイなの？」

「ああ、ぜんぶコイ。練《ね》り餌《えさ》をつけるとね、すぐ引くんだ。入れぐいだぜ。だけど、大きいから釣り上げるのがたいへんさ。もう、おれなんか、手が痛くって、痛くって」あきらは、自慢げに手を震わせた。

教室には、あきらのほかに、釣り堀で釣りをしたことのある者は、僕も含めて一人もいなかった。だから、なおさら夢のような話である。

（一度でいいから、そんな大物を釣り上げてみたい）と、思った。

ふと、気がついて、教室のうしろのほうを見ると、こうすけは、自分の席で窓の外を見ていたが、耳はしっかりと、こちらに傾けているようだった。

「ねえ、あきらの話、覚えてる?」かくれがで、僕は、こうすけにいった。

「釣り堀の話か」

「うん。こんなに、でかいやつばっかりだよ。夢みたいじゃん。一度でいいから行きたいよな」

「行けば?」

「お金がないよ。二時間、千円だよ」

「高いなあ」

「そうだろ、だから、子どもにはとてもむりなんだ。大ゴイが、うじゃうじゃで、がばがばかあ。いいよなあ」僕は、みれんがましく、そういった。

「お前は、釣りがうまくなったし、この川でも釣れるからいいだろう」

「それとこれとは、別だよ」

「別か?」

「うん。全然ちがう」

　こうすけは、しばらく考えて、こういった。

「そうだ、いいことがある」

「なに、なに?」

「大きなコイが、がばがばいるところがあるよ」

「えーっ、どこどこ、教えて教えて」

「すぐ、近くさ」

「近く?」

「ああ、田中金魚」こうすけは、そういうと、まん丸の目で、僕の反応を確かめた。

「それって、まさか、金魚屋さんの池のコイを、釣っちゃうってこと?」

「おう、そうだよ」

「だめだよ、そんなの泥棒じゃないか」

「泥棒……だな」こうすけは、本気とも冗談ともとれない顔で笑った。僕は、

「話に、なんないよ」と、いいながらも、田中金魚の池にうじゃうじゃいる鯉のことを考えていた。

田中金魚へは、お父さんと金魚を買いにいったことがある。北町を南北に走る県道沿いにその店はあり、小さな店の中には、金魚や熱帯魚のほかに、エサやコンプレッサーも置いてあった。

その日は、妹が家の金魚で、てんぷらごっこ(金魚に砂をまぶして、てんぷらにす

るままごと）をしてしまったので、赤い金魚二匹と、出目金魚一匹を買った。でも、僕は、金魚よりも、ゼブラキャットという、しま模様のナマズがほしかったのを覚えている。

店の外は、コンクリートに仕切られた池が十個ほどあり、それぞれに、金魚や錦鯉《にしきごい》が泳いでおり、その奥に二十メートルほどの、大きな池があった。小さな池は、浅く、水もきれいだったが、プールのようなその池は、深く、水も緑色ににごっていた。しかし、ときどき、大きな鯉がばしゃりと水面をたたくので、そこには、たくさんの鯉が入っていることが想像できた。

こうすけは、もし、と、念を押して、僕に聞いた。

「なあ、さとる。もしも、だよ、もし、本当に田中金魚のコイを釣るとしたら、お前ならどうする？」

「そうだなあ、まず、夜だね。人のいない夜か、朝早く行って釣るな」

「どうやって？」

「うん、あの店、正面には塀があるけど、裏は確か、用水路で、仕切られてるんじゃなかったかな。だから、あの用水路から、はい上がって攻めたらいいんじゃない」

実際、プールのような池の、すぐ裏は用水路で、うまいぐあいに今の時期は、ほとんど水が流れていない。用水路の深さは一・五メートルくらいで、僕たちが手を伸ばせば、容易に上ることができる。

こうすけは、にやにやしながら、

「お前さあ、泥棒の才能があるぜ」と、いって、僕をひやかした。

「もしもの話じゃないか」僕が、いいわけをすると、こうすけは、

「でも、完ぺきだ」そういって、僕の目を見るのだった。

確かに、完ぺきだった。用水路を歩けば、人に見つかることもないし、ましてや夜とか、早朝であれば、絶対にだいじょうぶだった。

「やるしかないな」

「……うん」

僕は、生まれて初めて、泥棒を決意した。

次の日、僕は、朝早く家を抜け出した。約束の午前四時、二十四時間営業のコンビニエンスストアには、二、三人の客はいたが、こうすけの姿はなかった。僕は、仕方なく外に出て、自動販売機の前で待つことにした。

「さとる、待ったか」

じきにこうすけは、現れた。

「ううん。いま来たところ」

二人とも、こころなしか声を低くした。僕たちは、さっそく、田中金魚にむかって歩くことにした。早朝のひんやりとした風が、Tシャツの腕をなでる。満月がやけに明るく、僕たちを見おろしている。見張られているようだ。しかし、僕の心には、うしろめたさなど少しもなく、「やるぞ」という、武者ぶるいのようなものを感じていた。

こうすけも、無言だった。二人、黙って歩いた。

しばらく歩くと、田中金魚の近くにある、用水路の橋についた。

「行くぞ」こうすけは、小さな声でそういうと、橋の下の階段をつたって用水路におりた。僕も、すぐあとを追った。

用水路の下は、コンクリートでかためられており、水は、五センチほどの深さで平らに流れていた。真っ暗な用水路の水のところだけが、満月に照らされて白い帯のように見えた。運動靴にしみ込んでくる水が少し気持ち悪かったけれど、なるべく音を立てないよう、田中金魚にむかった。

「ついたぞ、さとる」

「うん。このへんだね」

僕たちは、土手の草を両手で握りしめ、身を乗り出すようによじのぼった。首を伸ばすと、電灯に照らされた大きな池が横たわっている。まさしくここは、田中金魚だった。

こうすけは、ポケットから仕掛けを取り出すと、僕に手渡した。それは、たこ糸に針を結びつけただけのものだったが、もし、見つかったときのことを考えると、ポケットにかくせるので、これが一番に思えた。エサは、食パンである。実際、こういう池の鯉はなんでも食べる。

「さとる。おれが見張っているから、早く釣れ」

「僕が、やっていいの？」

「当たり前だ。さあ、早く」

僕は、食パンを指先で押しつぶすと、粘土のように丸めて、針に付けた。そして、あたりをうかがうと、静かな水面に投げ込んだ。

ポチャン。

エサは、波紋を広げて沈んでいった。と、突然、右手にたばねたたこ糸が、引ったくられた。

「来た、来たよ」

「落ち着け、ゆっくりだぞ」

ゆっくりと、たこ糸を引きよせると、やつが水中でグン、グンと首を振るのがわかった。

「いいか、暴れさせるな。音をたてないようにしろよ」

「うん、でも、すごい引きだよ」

大鯉は、真っ暗な水の底へ、僕を引きずり込もうとしているようだ。負けないように、腕をぐいと引く。たこ糸が、水中へむかって一直線に伸びる。そのとたん、糸がふっと軽くなった。

「逃げたか」

「うん。逃げられた」

どきどきして、心臓が爆発しそうだった。泥棒という罪の意識よりも、一匹を釣り上げるスリルが、僕をつつんでいた。エサをつけ直し、もう一度、すばやく池に投げ込んだ。

ごぼっ。

すぐに、また、引っぱられる。

「あっ」

しかし、また、はずれてしまった。

「竿がないから、すぐはずれるなあ」こうすけが、いった。

「なかなか、むずかしいよ」

「手で、クッションをつけて、やわらかく引いてみろよ」

「わかった」

「だいじょうぶ。すぐ釣れるから」こうすけは、そういったが、僕には、この時間がとてつもなく長く感じられた。店の人に、見つからないだろうか。夜が、明けてしまわないだろうか。不安だった。

「よし、かかった」

今度は、思いのほか、引きが弱かった。

「こうすけ、これは上がりそうだよ」

「そうか、しんちょうにな」

魚は、右へ左へと反転しながらも、ゆっくりと近よってきた。そして、魚が手の下にきたとき、僕はそっともち上げた。

ぱしゃり。

魚の影が、浮かんだ。

こうすけは、すばやくそれを両手でつかむと、黒いビニール袋におさめた。そして、ばさばさと音のする袋に水を入れながら、

「いいぞ、もう一回」と、いった。

「もういいよ。行こう」

「もういいのか？」

「うん。心臓が止まりそうだ」

「いくじなしめ」

僕は、たこ糸を丸めると、ポケットにねじこんだ。そして、ビニール袋の中で暴れる魚を抱えながら、二人で用水路を走った。


かくれがにつくと、もう、すっかり夜が明けていた。

僕たちは、一目散に、河童淵にむかうと、大事に抱えてきた魚を生けすに放すことにした。生けすには、前から魚が放してあったが、ビニール袋を破ると、その黒い魚たちの中に、真っ赤な魚がおどり出た。

「あっ。金魚だ」思わず、僕たちは叫んだ。

「金魚かあ。錦鯉じゃあなかったんだな」

金魚といっても、三十センチ近い大物で、真っ赤な体は丸々と太り、尾鰭《おびれ》は三角に割れていた。

「きれいだね」

「ああ」

金魚は、落ち着かない様子で、生けすの中をゆらゆらと泳いだ。さっきまで、僕たちの心臓は爆発しそうであったが、今日、一番驚いたのは、この金魚であっただろう。

「金魚ってさあ。中国から来たんだぜ」

「えっ、中国？」

「金魚は昔、中国で、つくられたんだ」

「つくられた？」

「ああ、つくられたんだ。突然変異って、知っているだろう」

「うん」

「金魚は、もともとフナだったんだよ。フナの突然変異で、ヒブナっていう、赤いフナが見つかってさあ、それから、人間の手で、そういう変わったもの同士をかけあわせて、できあがったのが、金魚なんだってさ」

「へえ。だから、あんなにきれいなのか」

「きれいねえ」

「えっ、こうすけは、そう思わないの？」

「そりゃ、見た目は、はでだけどなあ。それより、お前。あの金魚どうするんだよ？」

「そうだな、どうしよう」

「食べもしない魚、いつまでも、生けすに入れとけないぜ」

「うん。そうだ。この、河童淵に逃がしてやるよ。だって、金魚も自然の中が一番うれしいんじゃないかなあ」

僕は、名案だと思った。金魚屋の金魚を、自然の川に放してやることは、金魚自身、きっと喜ぶだろうし、囚われの身のお姫様を助けるようで、かっこいいなとも思った。ひょっとしたら、金魚泥棒のうしろめたさを、正当化しようとしていたのかもしれない。

「川に、逃がすのか？」と、こうすけがいった。

「うん。名案だろ」僕は、少し得意気にこたえた。

「川にか」

「なにか、気に入らないの？」

「そういうわけじゃないけどな」

「なんだよ、はっきりいえよ」

「いいよ、お前の獲物だ。お前の好きにしな」こうすけは、そういい残すと、一人でかくれがのほうへ歩いていった。

しばらくの間、僕は、金魚の赤い鱗や、透ける尾鰭のゆらめきをながめていた。


その夜、僕は、夢を見た。実に、リアルな夢だった。僕自身が、一匹の赤い金魚になって、河童淵を泳いでいるのだ。水の流れがきつかった。出っ張った腹や、大きな鰭が邪魔をして、思うように前へ進めなかった。ほかの魚はスイスイと泳ぎ、メダカまでもが僕をばかにして笑った。流れの遅い深みに行くと、岩陰から大口を開けた大ナマズが現れた。倒木の陰からもライギョがにらんでいた。みんな僕を食べようとしていた。

「食べられて、たまるか」

必死で逃げた。いくら逃げても逃げても、なかなか前に進まない。大声で叫んでも、だれも助けてはくれない。僕は、独りぼっちの金魚だった。

やっとの思いで逃げ切ると、浅瀬で休むことにした。ほっとした瞬間、空から黒い影が、舞いおりた。それは、トンビだった。僕は、トンビのクチバシでひと刺しにされ、一気に呑み込まれた。トンビの暗くあたたかい腹の中で、僕は思った。

「強く流れてくる水は、ぶざまな僕にはつらすぎる。それに、青く澄んだ水中で、僕はあまりに目立つなあ」

汗をかいて起きたとき、目覚まし時計は午前四時を指していた。僕は、家族に気づかれないように家を抜け出すと、かくれがにむかった。そして、バケツに水を汲み、金魚を入れると必死で走った。田中金魚を目指して走ったのだ。ときおり、こぼれた水が白い運動靴をぬらした。

金魚は、おとなしくバケツの中でゆらゆらと揺れていたが、起きているのか、眠っているのかは、よくわからなかった。

精霊流し

夏休みの間、僕たちは本当に、よく遊んだ。今までの六回の夏休みの中で、一番よく遊んだといってもいいだろう。朝早くから、日の暮れるまで、家にいることはほとんどなく、川やかくれがにいりびたっていたのだ。

宿題は、それなりにやり終えてはいたが、お母さんは決していい顔をしなかった。

朝食のとき、お母さんがいった。

「さとる。また、出かけるの。今日は、家にいなさいよ、家に」

最近の、お母さんの口癖である。

「ん……？」僕は、ご飯を口に押し込んで、ごまかした。

「たまには、お父さんもなんとかいってくださいよ」

今日は、日曜日で、お父さんはめずらしく家にいた。

「なんだ、さとる。そんなに家にいないのか？」

「そうよ、お兄ちゃんなんか、いつも遊びにいっているんだよ。ずるいんだよ」妹のまさ子がいった。

「まさ子は、遊びにいかんのか？」

「だって、お母さんが、おこるもん」

「さとるにも、同じようにしかっているんですけどねえ。もう、私のいうことなんか、全然聞かないんですよ」

「そうか」お父さんは、笑いながら返事をした。

僕は、口うるさいお母さんにくらべ、お父さんが好きだ。そりゃ、怒るとこわいけど、僕のすることに、あれこれと口を出さないから好きなんだ。

「おまえ、たまには、お母さんのいうことを聞けよ」

「うん。わかった」

「さとるは、返事だけは、いいんだから」と、お母さんが、口をはさんだ。

「さとる。おまえ、ずいぶん焼けたな」

「うん」

「お兄ちゃん、カッパみたい」まさ子が、いった。

「うるさいな」

「痛い」

僕は、まさ子の足を、けってやった。

お父さんは、僕の顔をのぞき込みながら、

「本当に、河童だな。いや、漁師の子どもみたいだぞ」

「漁師？」

「漁師の子どもじゃ困りますよ。もっと、勉強してくれなくっちゃ」お母さんは、そういったけど、僕はうれしかった。

漁師。それは、僕にとって特別の存在だった。なぜなら、こうすけのおじいさんが、川漁師だったからだ。

盆踊りの夜のことだった。

夜、遊びに出るのは、お母さんがなにかとうるさいけれど、こういう日だけは特別で、僕はこうすけと夜のかくれがで会うことができた。夜の河童森は、しんと静まりかえってはいたが、遠くから聞こえる盆踊りの太鼓や、スピーカーの音が、夜の空をにぎやかな空気に変えていた。

「おう、さとる。遅かったな」

「今、小学校へちょっと寄ってきたから」

「盆踊りか」

「うん。こうすけは行った？」

「ここへくる前に、のぞいて来たけどな」

「人ごみは、嫌いなんだろう？」

「そうでもないぜ、祭りは好きだからな」

「へーっ、そうなんだ」

意外だった。こうすけは変わり者だから、盆踊りやお祭りは、嫌いだというと思っていた。

「でも、ちょっと物足りなかったからな」

「どうして？」

「だって、前におれの住んでいた町の踊りはあんなんじゃなかったからな」こうすけは、少し自慢げにいった。「町じゅうで踊り狂うんだ。それも、四日間徹夜でだぜ」

「徹夜で？」

「ああ、町の人やら、観光客やら、昼も夜もぶっとおしで、歌って踊り狂うんだ。そりゃあ、すごいんだから」

「へえー」

一度その踊りを見たいと思った。そして、こうすけの生まれ育ったその町と川を、見たいと思った。

「よく、じいちゃんと行ったよなあ」

「おじいさんと？」

「おれのじいちゃん、ふんどしをしっかりしめてさあ、張り切って、行くんだぜ」

「祭りは、みんなふんどしでやるの？」

「みんなじゃあないけどな。それにさ、おれのじいちゃんは、いつでもふんどしなんだ。パンツなんて、はかないんだぜ」

「ふんどしかあ」

自分の、ふんどしすがたを想像して、僕たちは笑った。

「おれのじいちゃんさ、川漁師なんだ」

「川漁師？」

「川魚や、カニなんかを取って、売ってんだ」

こうすけのおじいさんが、川漁師と聞いて、彼の泳ぎがうまいことや、やけに魚にくわしいことなど、今までの謎がとけた気がした。

「おじいさんの話、聞きたいな」

「じいちゃんのか……」こうすけは、少しためらいながらも話し出した。「じいちゃんはさ、今、岐阜の大きな病院に入院しているんだ」

「ええっ、入院？」

「ああ、お酒の飲み過ぎとかで、肝臓ってところやられてさ」

「そうなの」

「だから、おれ、転校して、今ここにいるんだよ」

初めて聞く事実だった。僕たちは、仲よくしてはいたけれど、こういう話はおたがいに、聞き出そうとはしなかったからだ。

「本当は、一人で暮らすことも、学校へ行くことも平気だからっていったんだけどな、前の学校の先生が、親戚のおばさんの家へ行けって、許してくれなかったんだ」

「でも、お父さんや、お母さんは？」

「……いねーよ、そんなもん」

お父さんも、お母さんもいない。僕は驚くと同時に、まずいことを聞いたと思った。

しかし、こうすけは、そんな僕に気づかずに話し出した。

「じいちゃんさ、川が好きでさ、取った魚を売って生活してたんだ。春は、アマゴだろ。夏は、アユとウナギを専門にねらうんだ。おれはさ、小さいころからいつも、じいちゃんについて遊んでいたんだ。ほかにもさ、カニやキノコや、山菜も取ったりするんだ」

「すごいね」

「じいちゃんは、町でも名人と呼ばれる一人なんだ」

「名人かあ」

「うん、たとえば、川を見るだろ。それだけで、どんな魚がどこにいるか、今、なにを考えているか、なにを食べているか、すべてがわかるんだ」

「こうすけと、いっしょだね」

「おれなんて、全然だめだめ。じいちゃんのまねしていっているだけで、本当のことなんて、まだまだわかっちゃいないもんな」

「でも、どうしてわかるのかな？」

「おれもさ、聞いたことがあるんだよ。川の中のことが、どうしてわかるのって。そしたら、じいちゃんこういうんだよ。『毎日毎日、川を見て、毎日毎日、魚のことばかり考えていれば、わかるようになる』ってさ」

「見てるだけでいいの？」

「そうなんだって」

「それで、こうすけも川を毎日見ているわけ」

「まあな、名人になれるわけじゃあないけどな」

「こうすけは、川漁師になりたいんだ」

「ああ。じいちゃんは、だめだっていうけどな」

「どうしてだめなの？」

「もう、川漁師の生きていける川はないんだって」

「どういうこと」

「年々、魚は減っていくしさ、養殖の魚も出回っているし、たいへんなんだとさ」

「そうなのか」

　こうすけのおじいさんの話は、興味深かった。僕にはおじいさんがいなかったし、サラリーマンでなく、魚を取って生きるという男の生き方に魅力を感じていた。

「こうすけのおじいさんって、こわい人？」

「ん……変わり者だな。おれにはとってもやさしかったけど、村の人には、よくは思われていなかったみたい」

「ちょっと長い話になるからな……」

「いいよ。話してよ」

「そうか……」こうすけは、少し顔を曇らせたが、ゆっくりと話し出した。「じいちゃんと同じ漁師仲間に聞いたんだ。じいちゃんは、昔、祭り好きのとっても明るい男でさあ。漁師仲間でも、それは人気があったらしいんだ。それが、ある事件以来、まったくふさぎこんで、村の人と口をきかなくなってしまったんだって」

「ある事件って？」

「おれが生まれてまもないころさ、川の上流に紡績工場ができたんだ。で、その工場の廃液で川が汚れてさ、たくさんの魚が死んだことがあったんだ」

「たいへんじゃないか」

「たいへんだよ。村の人たちはみんな、川が好きだったからな。みんな、すごく怒ったんだ。漁師仲間は、魚が死んだら生きていかれないって、大騒ぎだったんだ」

「それで？」

「工場側と、村人との間で、話し合いの場が何度ももたれたんだ。でもな、村人の多くが、その工場で働いてもいたんだよ。だから、村は、工場閉鎖を求める人と、目をつむろうっていう人と、真っ二つに別れたんだ。工場側は、お金で解決しようとしていたらしいんだけどね」

「で、どうなったの？」

「じいちゃんさ、それまでは、やさしくて明るくて、おだやかだったじいちゃんがさ……工場へどなり込んで、腹を切っちゃったんだ」

「ええっ。腹を切った？」

「ああ、そうなんだ。みんな、びっくりしたらしいよ。『毒を流して、俺たちの川を殺すのは、俺たちに死ねということだ。川を殺すのなら、俺はここで死んでやる』そう叫んで、じいちゃんは、自分で自分の腹を、ざっくり切ってしまったんだ」

「切腹ってやつか」

「そうなんだろうなあ。でも、じいちゃんは死ななかったけどね」

「で、どうなったの？」

「じいちゃんは、自分が死ぬことで川を守ろうと思ったらしいんだけれど、そうはいかなかったんだ。工場側も、事件が表ざたになったから、お金は払わないっていい出すし、村人もやり過ぎだとか、頭がおかしいとかいって、じいちゃんを責め立てたんだ」

「そんなあ」

「じいちゃんは、川を守ろうと命をはったのに……」

「……………」

「漁師仲間には、じいちゃんを認めた人も多かったけども、それ以来、じいちゃんはだれとも口をきかなくなってさ、一人、二人と、じいちゃんの仲間は、減っていってしまったんだ。だから、じいちゃんはおれにはやさしいけれど、だれとも口をきかない変わり者なんだ」

僕は、ショックでことばが出なかった。こんなに強烈な話は映画の中だけだと思っていたのに。

「さとる。ばかな話だと思うか？」

「ううん。よくわからないけど、ショックだった」

「そうか」

「ねえ、こうすけ。こうすけが、学校でしゃべらないのも、おじいさんのせいなの？」

「それと、これとは関係ないよ。じいちゃんとおれは別だからな」こうすけは、そういい残すと、見張り台の上にあがっていった。見張り台の上のこうすけの影は、見上げると、木に止まる鳥のように見えた。そして、じっと、夜の空を見上げたまま身動き一つしなかった。

僕は、考えた。

(おじいさんが、命をかけて守ろうとしたものはなんだろう)

(おじいさんが、しゃべらなくなったのはなぜだろう)

(こうすけの、お父さんやお母さんは、どうしていないのだろう)

いくら考えても、考えても、どこからも答えは出てこなかった。

しばらくすると、木の上から、こうすけの声がした。

「おーい、さとる。いいものが見えるぜ」

「なあに?」

「いいから、こいよ」

僕は、ハシゴを握り、こうすけのいる見張り台の上へのぼった。

「うわあっ、すごい」

精霊流《しょうろうなが》しだった。矢作川は、闇に横たわる大蛇のように大きく曲がりくねり、その黒い流れを何百もの灯籠《とうろう》が、明かりを灯しながら、上流から下流へと流れていた。夜も川は流れていたのだ。

ぽつりと、こうすけはいった。

「なあ、さとる。村八分って知ってるか？」

「うん。聞いたことあるよ」

「じいちゃんは、村八分なんかじゃないぜ。自分から、離れていったんだ」こうすけは、川を見つめたままそういうと、また、黙り込んだ。

灯籠は、川の流れを確かめるように、どこまでも、どこまでも連なっていった。僕たちの、背後には、盆踊りの太鼓の音だけが途切れることなく、でんでんでんでんと響いていた。

鳥の巣

夏休みも、終わりかけたころだった。

その日、僕たちは、朝から河童淵にもぐって遊んだり、魚を取ったりしていたが、昼前には、疲れ果てて、石の上でこうらぼしをしていた。

「ねえ、こうすけは宿題、ぜんぶやった？」

「宿題？　そんなもんやらねえよ」

「やらないって、一つも？」

「ああ。考えたこともないぜ」

「だめだよ、そんなの」

「おまえは、ぜんぶやったのかよ」

「僕？　やったよ。一つだけ、工作が残っているけどね」

「残っているじゃないか」

「工作は、苦手だもんな」

こうすけは、しばらくの間、寝ころんで空を見上げていたが、

「よし、それじゃあ、その工作を今からやろうぜ」と、いった。

「ここで？」

「そうだ」

「だって、なんにも道具がないよ」

「道具なんていらないぜ。なにつくってもいいんだろ。そのへんの木や石を使ってつくればいいじゃないか」

「できるかな？」

「できるさ。だって、さとるはかくれがも自分でつくったろ」

確かにそうだった。こうすけにそういわれると、できないことはない、そう思えてきた。こうすけは、石の上に干してあったシャツを着ると、こういった。

「問題は、なにをつくるかだよなあ」

「そうだろ。いつも迷うんだよなあ。絵とか工作とか、なにつくってもいいといわれると、なかなか決まらないんだよね」

「そうだなあ……よしっ」

「えっ、もう決めたの？」

こうすけは、石の上から飛びおりると、森のほうへ入っていった。

「こうすけー。なにつくるのおー？」

「ないしょ、ないしょ」森の中からは、声だけが聞こえた。

河原に取り残された僕は、なにをつくろうか、いつまでも考えていた。しかし、いくら考えても、今、ここでつくれるものなど思いつかなかった。

しばらくすると、こうすけは、森の中から木のつるを引きずって帰ってきた。それがなんという名のつるかは、わからなかったけれど、三メートルほどの長さで、手のひらくらいの葉っぱが点てんとついていた。

「こうすけ。それ、なにに使うの？」

「これか、見てろよ」

こうすけは、つるを片手で握ると、もう一方の手でしごくようにして、枝と葉っぱをそぎ落とした。すると、つるは、一本の長いロープのようになった。僕は、いつまでたっても決まらない自分の工作を後まわしにして、こうすけの作業を見ることにした。こうすけは、次に、長いつるを少しずつ両手でしごき出した。

「どうして、そんなことするの？」

「これか、こうやってしごくと、じょうぶになるんだ。つるは、このままだと折れるだろう。だけど、こうしておくと、柔らかくてじょうぶなひものようになるんだ」

どうやら、こうすけは、このつるのひもでなにかつくるらしい。

「なにが、できるのかなあ」僕がたずねると、こうすけは、

「おまえ、自分のをやれよ。気が散るからさあ。できたら、あとで見せあおうぜ」

と、いって上流のほうへ歩いていった。

仕方なく、僕は、かくれがのある森へ入った。森の中には、さっきこうすけのもっていた木のつるが、やたらと生えていた。それを使おうかとも思ったが、こうすけのまねはいやだったし、僕にもプライドがあった。見張り台に上がり、川のほうを見渡したが、こうすけの姿は見えず、振りかえると遠くの堤防を幌つきのトラックが、砂ぼこりを上げて走っていた。

「あーあ。困っちゃったなあ」僕は、一人つぶやいた。

そのとき、突然、バサバサバサッと音がして一羽の鳥が飛びたった。鳥は、生い茂る木の葉にかくれた。名前はわからなかったが、かなり大きなやつだった。

(巣でも、あるのかな?)

目をこらして、羽音のあたりを探してみたが、冬の間は見つけやすい鳥の巣も、夏

は木の葉にカモフラージュされ、見つけることはできなかった。しかし、このとき、ひらめいた。

（そうだ、鳥の巣をつくろう）

鳥の巣など、つくったことはなかったが、前にこうすけと、電信柱にのぼって、じっくり観察したことはあった。それは、カラスの巣で、木の枝だけでなく、ハンガーや壊れた傘などを、巧みにからめてつくられていた。カラスにできることが、手のある僕に、できないわけがないと思った。

僕は、木の下へおりると、できるだけたくさんの木の枝を集めて、かくれがの真ん中に座り込み、巣づくりを始めた。カラスの巣をまねて、枝をドーナツ形にしてみるのだが、なかなかうまくまとまらず、すぐにくずれてしまった。枝と枝、一本一本をからめるようにして、固まりにするのだが、それは、根気のいる作業だった。

途中、むりかなと何度も思ったが、あきらめずにがんばった。そして、だんだんコツがわかってくると、木の枝は、思いどおりにからまるようになり、なんとか鳥の巣らしい形になってきた。

「よし」その出来ばえに、思わず僕は、声を上げた。

「こうすけー」僕が、大声で呼びながら駆けていくと、こうすけは、さっきの石の上で僕を待っていた。

「できたか」

「うん」

「見せてみろよ」

僕は、うしろ手に、かくしもっていた鳥の巣を、両手で差し出した。

「おおっ。鳥の巣かあ。なかなかいいじゃん」

「いいだろう、気に入ってんだ。こうすけのも見せてよ」

「おれは、これだ」

こうすけが、片手で差し出したのは、石の斧だった。それは、かたそうな、四十センチくらいの流木に、手のひらほどの平らな石を木のつるでしばりつけたもので、まるで、原始人がもっていそうなやつだった。手に取ってみると、ずっしりと重く、とても頑丈にしばってあった。

「いいね、これ」

「最高だろ」

「うん。鳥の巣の次に、いいよ」

僕が笑うと、こうすけもげらげらと笑った。そして、こうすけは、足元から卵のよ

うな石を二つ拾うと、鳥の巣の中に転がして、

「これで、完ぺき」と、いった。


長かった夏休みも、あっというまに終わった。学校が始まると、鳥の巣と石斧は、教室のうしろのロッカーの上に、みんなの作品に交じって並べられた。ボール紙や空き箱やバルサ材で作られた当たり前の作品の中で、僕たちの作品はとても異質で、みんなが注目しているのがよくわかった。

「ねえ、これとこれ、いっしょにつくったんじゃないの？」だれかの、声がした。

確かにそうだった。少しやばいかなと思った。

一週間ほどたった給食のあと、僕たちは、先生に呼ばれた。

「さとるとこうすけは、昼休みに理科室へ来てくれ」担任のゴジラは、そういって教室を出ていった。

「どうして、呼ばれたんだろう？」僕は、こうすけの顔を見たが、彼は相変わらず窓の外を見ていた。

給食が終わると、僕は、こうすけとは別々に教室を出た。みんなのざわつく声が気になったからだ。理科室の前でこうすけを待ち、二人そろってドアを開けた。理科室

に入ると、準備室の奥からゴジラが手招きをした。

「すまんな。二人とも、こっちに来てくれ」

僕たちは、緊張しながら、理科室の奥にある準備室に入った。準備室には、ガイコツや人体模型があり、棚の上にはホルマリン漬けの魚や、薬品がきれいに並べてあった。

「おう、よく来てくれたな。話というのはな、いいにくいんだがな。実は、お前たちのあの作品がほしいんだ」

「えっ」

「変な話だろう。教師が生徒の工作をほしがったりするのは、本当はいかんのだろうが、俺は、どうしてもあの作品が、ほしいんだ」

ゴジラが、あんな物をほしがるなんて、変な話だった。

「そりゃ、お前たちの大切な宝だろうが、もしよかったら俺に譲ってくれないか」

「いいよ」僕は、すぐに答えた。確かに、あの鳥の巣は気に入っていたが、先生がほしがってくれることのほうが、もっとうれしかった。

「こうすけは、どうだ」先生がたずねると、こうすけは黙ってうなずいた。

「あー、よかった。本当によかった」

「先生、なんであんなもの？」

「んー。俺はな、お前たちが思っている以上に、あの作品が好きなんだ」

「どうして？」

「なんていったらいいのかな……。うん。あの鳥の巣と石の斧は、夏休みの宿題なんてもんじゃなく、人間が地球に誕生して、現在にいたるまでの創造というか、その、なんだ、生まれるべくして生み出されたものを、お前たちが無意識のうちにつくってしまった。そんな気がするんだ。……ん、むずかしいか？」

全然、わからなかった。でも、一所けんめい僕たちに話す先生の顔は、いつも教室で見ていた顔とはあまりにちがい、子どものようだった。

「よくわからないけど、やるよ。おれ、もう、帰ってもいいだろ」こうすけは、めんどうくさそうにいうと、準備室から出ていった。

「こうすけ、ありがとう。大事にするよ」先生は、こうすけのうしろ姿に、そういった。

準備室には、僕と先生の二人が残された。

「なあ、さとる。こうすけとは仲がいいのか？」

「……………」

　僕は、返事をしなかった。「そうです」といえば、こうすけを裏切ることになるし、「いいえ」といえば、先生にうそをつくことになるからだ。

「なんだ。だんまりか、それもいいさ。なにもいわないってことは、最大の意思表示でもあるわけだからな」

　どちらにしても、僕たちの関係がばれてしまったことに、まちがいはなかった。

「こうすけも、ちょっと変わったやつだが、いいやつだよ。お前も、そう思うだろう」

　僕は、先生の顔を見ながら、うなずいた。

「友だちのお前には、話しておこうか。こうすけには、両親がいないんだよ。おじいさんに育てられていてな、そのおじいさんが、病気で入院してしまったんだ。それで、今、東町のおばさんの家にあずけられているんだ」

　この前、こうすけに聞いた話と同じだった。僕は、どうして両親がいないのか、よほど先生に聞こうかと思ったが、やはり、それはできなかった。

「あいつは、苦労しているよ。俺なんかより、よっぽど苦労しているよ」先生は、しみじみとそういった。

「先生も、そう思う？」

「思うよ。こうすけのつくった、あの石の斧な、あれは、強さの象徴だよ。自分で道を切り開こうとする、強い人間でなければ、あんな斧はつくれないだろうな。それ以前に、つくろうとも思わんだろうな」

先生のいうことは、相変わらずむずかしかったが、なんだか、わかるような気がした。

「それからなあ、さとるのつくった鳥の巣な。あれは、愛の象徴だ。卵を守り、ヒナを育てようとする愛だな。ちょっと不細工だったが、本当によくできていたよ」

「そんな、たいしたものじゃないよ」

「いや、おまえは気づいてないだけなんだ」

僕は、少し照れ臭かった。

「ねえ、先生」

「なんだ」

「おじいさんがよくなったら、こうすけは、また岐阜へ帰っちゃうのかなあ」

「心配か？　でも、そこのところは、先生にもわからん。今までは、おじいさんがめんどうを見てくれたが、これからは、そうもいかんだろうし、かといって、病気のおじいさん一人、岐阜に残るわけにもいかんだろうなあ」

「そうか……」

「まあ、心配するな。なんとかなるって。それよりなあ、さとる」

「なあに」

「夏休みは、いっぱい魚を取ったか？」

「えっ、どうして」

先生は、僕が夏休み中、魚ばかり取っていたことを、どうして知っているんだろう。

「それだけ日焼けしてればわかるよ。それに、プールの時間に見たんだが、お前とこうすけだけは、背中ばっかり黒かったぞ。あれは、魚を探して泳いでいる焼け方だな」

「よく見ているんだね」

「ははは、ばれただろう。先生も、同じだからな」

「えっ、先生も魚が好きなの？」

「大好きさ。でも、俺はもっぱら、観察のほうだな。だてに、理科の先生はやってないぞ」

「魚の研究？」

「そんな大げさなもんじゃあないがな。矢作川の魚を調べているだけさ。半分趣味だよ」

意外だった。こんなに身近に、大好きな川の、大好きな魚を研究している人がいたなんて。

「ねえ、先生の研究で、矢作川はきれいになるかな？」

「まあ、むりだな」

「じゃあ、たいしたことないね」

「厳しいなあ」と、先生はやさしく笑った。

このとき、気がついたのだが、先生の目は、魚の話をするこうすけの目にとてもよく似ていた。

「先生は、魚のどこが好きなの？」

「どこって……すべてだな。よし、さとる。いいか、質問だ。魚は泳ぐとき、どこを見てる？」

「うーん、上流だな」

「そうだ。魚は、いつも上流をにらんで泳いでいるんだ。そこが、いいな。それに、止まっているときでさえ、流れの中では、泳いでいるんだ。わかるか」

「なんとなく、わかる」

「そうか、よしよし。それに、魚は、眠っているときでさえ、目を閉じないんだ。きっと、なにかを見てるんだ。わかるか」

「むずかしいな」

「そうか。さらに、魚は、実に機能的な形態をしている。ナマズもウナギも、メダカもフナも、みんなわけがあって、あんな形をしているんだ。なにしろ、人間の祖先だからな。そういったすべてに、魚の魅力を感じているのさ。わかるか」

「よく、わかんない」

「まあ、いいだろう。でも、もう一つ聞いてくれ。先生は、大学である研究をしていたんだよ。それはな、『魚は、泣けるか泣けないか』ってものなんだ」

「魚は、泣けるか泣けないか」

「そうだ。お前は、どう思う？」

「むずかしいよね。でも、魚だって泣きたいときはあるんじゃないかなあ」

「うん。先生も、そう思う。魚だって、泣いてるときがあるはずだ。だがな、それを証明しなくてはいけないんだ」

「証明？」

「つまりさ、心は目に見えないだろう。だから、魚が泣いているってことを、形でしめさなければならないんだ」

「それなら、涙かな」

「そのとおり。魚は涙を流すか、流さないかってことなんだ」

「涙かあ……。それで、どっちなの」

「今のところはな、魚には涙腺がないから、涙はないっていわれているんだ」

「じゃあ、魚は泣かないのか」

「そうじゃない。涙はなくても泣いているかもしれないだろう」

「ややこしいなあ」

「ややこしいだろう。だから、いまだに川に潜って魚をにらみ続けてるわけだ」

先生は、わからないといいながらも、魚は泣いていると、信じているようだった。

「でも、今年の夏は、矢作川でおもしろいものを見つけたよ」

「なあに?」

「河童だ。河童淵に、河童が二匹いたよ。ときどき、木の上にも上っていたがな」

僕と、こうすけのことだ。

「なんだ、先生、見てたのか」

「さあな。先生の見たのは、おまえたちじゃない。河童だ」

「ないしょだよ」

「わかってる」先生は、そういうと、机の上にあったファイルを二冊、トンと揃えて立ち上がった。「あっ、それから、こうすけにいっといてくれ」

「こうすけに？」

「まだ、だれも気づいてないが、まちがいない。矢作川に、サツキマスが遡上《そじょう》しているんだ。二十年ぶりだぞ」

「サツキマス？」

聞いたことのない名前だった。

「サツキマスのことは、先生よりこうすけのほうが、うんとよく知っているよ」

「わかった、こうすけに伝えとくよ」

僕は、はずむ気持ちで理科室を飛び出した。

幻の魚

学校が終わると、僕は、いつものようにかくれがへむかった。木のトンネルをくぐり抜けると、こうすけは、もう、見張り台の上へ来ていた。

「おう、さとる。今日はびっくりしたな。何事かと思ったぜ」こうすけは、なわばしごをおりながら、そういった。

「変なやつだね。ゴジラは」

「ほんと、変なやつだ。でも、さとる、やばくないか？」

「なにが？」

「みんな、みょうだと思ってるぜ。おれたちのこと」

「だいじょうぶだよ。僕は、なにもいわないから。先生は、気づいてるみたいだけどね。ゴジラは、思ったより話のわかるやつみたいだよ」

「それなら、いいけどな」

「こうすけのことも、認めてたし、心配もしてたよ」

「そうか」こうすけは、そういって、干し草の上に寝ころんだ。

「ねえ、こうすけ。サツキマスって知ってる?」

「知ってるよ」

「どんな魚?」

「幻の魚だよ」

「まぼろしの?」

「ああ、このへんじゃ、おれの住んでいた岐阜の長良川にしかいないだろうな」

「釣ったことある?」

「いいや。ないんだ」

「見たことは?」

「それは、あるよ。川漁師の孫だぜ。ちょうど、五月から六月、サツキの花が咲くころに海から上ってくるんだ」

「海の魚なの?」

「海と川を、行ったり来たりできる魚だな。アマゴっていう魚がいるだろ。かんたんにいうと、あれの大きくなったやつだ。アマゴは渓流魚なんだけど、もともと、サケと同じように、大人になると海へ旅する性質をもっているんだ。今では、どの川にもダムができて、アマゴが海へ行ったり帰ったりすることが、むずかしくなったけどさ、長良川だけは一つもダムがないんだ。だから、長良川のアマゴは、海に下って大きくなって帰ってくる。これが、サツキマスなんだ」

「へえー。そうなのか。大きいの？」

「大きいさ。四十センチから六十センチくらい。アマゴは、パーマークのついたかわいいやつなんだけど、サツキマスになると、全身、銀色の鱗におおわれてさ、いかつい顔になるんだぜ」

「そうか。じゃあ、ダムのない川にしかいないんだね」

「そうだな。でも、さとる。なんで、突然サツキマスの話なんかするんだよ」

「実はさ。今日、ゴジラがこうすけに、伝えてくれっていったんだ。矢作川には、サツキマスがいるって」

「なんだって」こうすけは、がばりと飛び起きた。「本当か、本当にいるのか？」

「うん、ゴジラはいってたよ、二十年ぶりに遡上しているって」

こうすけは、振りかえると、いちもくさんに河童淵のほうへと、走り出した。

「おーい。こうすけ」

僕の声は、走りだしたこうすけの耳に、届かないようだった。あとを追って川へおりると、こうすけはいつもの石の上に立ち、川の中を食い入るように見ていた。僕は、こうすけのうしろに立ち、話しかけた。

「サツキマスは、いるかな？」

「…………」

返事はなかった。なにかに夢中になったときのこうすけは、いつもこうだ。背中が、一人になりたいといっている。

「じゃ、先に帰るよ」うしろ姿のこうすけに、そういって、僕は河童淵をあとにした。

こうすけは、きっと、日の暮れるまで、あの石の上にいるにちがいないと思った。

次の日、学校へ行くと、校門のところでゴジラに会った。

「さとる、おはよう」

「おはようございます」

ゴジラは、やけにニコニコして、話しかけてきた。

「さとる。きのうの夜な、こうすけが、家に来たよ」

「先生の、家に？」

「ああ、そうだ。おまえ、サツキマスの話しただろう？」

「うん」

「そしたら、あいつ、夜の八時ごろに来てな、知ってることぜんぶ教えてくれっていうんだよ」

ものすごい行動力だなと思った。こうすけは、日の暮れるまで川にいて、その足で先生の家へ行ったのだろう。

「サツキマスのこと、教えたんですか」

「それがな……反対に、教えられたよ」

「こうすけは、魚のこと、くわしいでしょ」

「すごいな。やっぱり川漁師だよ。サツキマスの生態を、こと細かに話してやったんだが、しっかりと聞いたあとで、あいつ、いうんだよ。本に書いてあることはいいから、先生が、川で見たことだけ聞かせてくれってな」

「あいつらしいや」

「長良川と、矢作川じゃあ、水も石も、食べ物もちがうから、矢作川のことを教えてくれ。俺は、絶対に釣ってやる。そう、いってたよ」

「釣るっていったの？」

「そういってたぞ」

「そうかあ、釣れると思う？」

「こうすけには悪いが、まあ、むりだな。いるとはいっても、この川に数匹だよ。天神橋から水源町までの約五キロの間に、多くても二十匹ってところだな。それを釣ろうってのは、宝くじで一億円当てるよりむずかしいな」

「そんなにむずかしいの」

「ああ、宝くじはかならずだれかに当たるだろうが、サツキマスは、だれにも釣れないかもしれん」先生は、そういうと、僕の頭をポンとたたき、「でも、釣らせてやりたいな」そういって、下駄箱のほうへ歩いていった。


お昼休みに僕は、屋上でこうすけと会った。学校で話をしたことはなかったが、この日だけは特別で、僕は我慢できなかったのだ。

「こうすけ、きのう、先生の家へ行ったって？」

「ああ、ゴジラに聞いたのか」

「うん」

「あいつ、なかなか魚にくわしいよ。川のこともよく知っているし、ずいぶんと勉強させてもらったよ」

「ははっ、先生は、こうすけに勉強させてもらったって、いってたよ」

「そんなこと、いってたか。でもな、おれは釣るために調べるだろ、ゴジラは研究のために調べるだろ。目的がちがうと、魚の見方もずいぶんちがうなと思ったよ」

「聞きたかったたな、二人の話」

「そうか。きのう、暗くなるまで川を見ていたんだけど、どこで釣るか、どうやって釣るか、なかなかまとまらなくってな。どうしても、サツキマスを見たときの話が聞きたくて、ゴジラの家まで行っちゃったよ」

「で、作戦は立ててた？」

「だいたいな。聞いてくれるか」こうすけは、ズボンの尻のポケットから、折りたたんだ紙を取り出した。そして、屋上に座り込み、その紙を広げた。「さとる、見ろよ」

それは、この町の地図のコピーだった。地図は、矢作川の部分だけ、水色の蛍光ペンで塗ってあり、部分的に、赤いペンで印がつけてあった。

「これ、矢作川だね」

「おう。ゴジラに聞いたんだけど、矢作川は全長百二十三キロメートルで、海から天神橋の間が三十五キロメートル。その五キロ上流に水源ダムがあるんだ」

「うん、知ってるよ。水源町のダムは海に一番近いんだ」

「だから、海から上ってきたサツキマスは、当然、この水源ダムで止まるわけだ」

「ダムは上れないの？」

「ダムの横に魚道があるにはあるんだけど、これがだめな魚道で、サツキマスみたいな大きい魚は、上れないらしいんだ」

「そうなのか」

「ゴジラの観察では、海に住むセイゴやボラの子も、たまに上ってくるらしいんだ」

「四十キロも上ってくるんだ。すごいなあ」

「本当にすごいよなあ」

「それでさあ、こうすけ。サツキマスはどこにいるのさ」

「この赤い丸のところだよ。これが、サツキマスをゴジラが目撃した場所なんだ」

地図をよく見てみると、赤い丸は八つほどダムの下に集中していた。

「ダムのすぐ下だね。ここで釣るの？」

「それが、だめなんだ。ダムの下流三百メートルは禁漁区なんだ」

「そのすぐ下流でやれば？」

「浅い砂底で、釣りにならないよ」

「困ったね」

「だけど、これを見ろよ」

こうすけの指先を見た。赤い丸はダムの下に集中していたが、その下流に一つだけ赤い印のついた場所がある。僕は驚いた。だって、そこは河童淵だったのだ。

「こんなところにいたのか」

「気がつかなかったよな。この川は浅いから、いったんここで休んでから、一気にダムまで行くらしいんだ」

「じゃあ、河童淵で釣るんだ」

「それしかないだろうな」こうすけは、確かめるようにそういった。

「エサとか仕掛けは決めたの？」

「あいつはさ、おれたちのもっている竹竿でかんたんに釣れるやつじゃないし、夏休みとちがって、毎日竿を振っているわけにもいかないだろ。だからさ、はえなわを仕掛けようと思うんだ」

「はえなわって、なあに」

「つまりさ、二十メートルほどのタコ糸を用意するだろ。それで、その間に一・五メートルおきに針の付いた糸を結ぶんだ。その十本くらいの針にエサを付けて川に沈めるってわけだ。わかるか？」

「うん、わかる、わかる」

「そいつをさ、夕方仕掛けて、朝上げにいくんだ」

「毎日？」

「たぶんな、毎日行くつもりだ」

「僕も行っていい？」

「当たり前だ。おれとお前の獲物だぜ」

「あー、よかった」

僕は、うれしかった。一度火のついたこうすけは、突っ走ってしまうから、僕などじゃま者扱いされるかと思ったからだ。

「エサは？」

「生きたアユの一匹掛けにしようと思う」

「生きたアユか」

「じいちゃんのウナギ釣りのアユのエサに、サツキマスがかかったことがあるんだ」

サツキマスって、どう猛なんだなと思った。そのとき、五時限目のチャイムが鳴った。

「今日の夕方アユを釣って、明日から始めるぜ」こうすけは、そういって立ち上がると、教室にむかった。僕も、いつになく興奮し階段を駆けおりた。


次の日、僕たちは、学校から帰ると大急ぎで河童淵へやって来た。かくれがにカバンを放り投げると、河原へおり、パンツ一枚になった。九月の風は、いくぶん寒くはなっていたが、川の水はそれほどでもなく、こうすけのあとについて川の中ほどまで歩いた。手には、道で拾ってきたコーラの空ビンを二つもっていた。どう使うのかよくわからなかったが、こうすけが浮きにするというからだ。

こうすけがいった。

「さとる、このへんにしよう」

そこは、河童淵の深みから、だんだん浅くなるかけ上がりだった。青々とした最深部にくらべ、足のあたりには丸い石がぎっしりとあるのがわかった。

こうすけは、木の板に巻いてきた仕掛けを取り出すと、糸の端に僕のもってきた空ビンを、しばりつけた。糸は、川の流れに乗った空ビンに引っぱられ、するすると一直線に伸びていった。糸がぜんぶ出ると、その端にまた空ビンをしばり、僕に手渡した。

「これ、もっててくれ」こうすけは、そういうと、腰にしばってある魚籠から、鮎を取り出した。「こうやってな、死なないように鼻へ通すんだ」

僕の目の前でこうすけは、鮎に針をかけた。そして、そっと手を離すと、鮎は鼻に針を付けたまま元気よく、流れに姿を消していった。

「うまいもんだね」と、僕がいうと、

「へへへっ」と笑い、後ずさりしながら、次つぎ、針に鮎を付けていった。

僕は、流れに乗ってゆらゆら浮かぶ白い糸を、ぼんやりと見つめていた。針ぜんぶに鮎を付けると、こうすけは、反対側の空ビンをもった。

「よーし、さとる。もう少し左によってくれ」こうすけは、瀬音に負けない大きな声でいった。

「このへん?」

「もう少し、左。深くないだろ」

「だいじょうぶ」

川の水がへそにとどくあたりで、僕が立ち止まると、今度は、こうすけが対岸へ歩きだした。二人の間を結ぶ白い糸が、水流をまともに受けて大きく弓なりになった。ときおり、針に付いた鮎が水面に姿を見せては、また沈んだ。こうすけは、がぼん、と潜り、川底の石を拾うと、糸をしばりつけた。そして、エサの鮎を確かめながらゆっくり石を沈めた。

「今、そっちへ行くから待ってろよ」

糸の上手を歩いてくるこうすけのうしろに、空ビンの浮きが浮かんでいた。

「なかなかいい感じだよ」

「釣れるかな？」

「そいつは、明日になってみないとな」

こうすけは、僕の手から空ビンをうけ取ると、さっきと同じ要領で仕掛けを沈めた。

岸に上がって川を振りかえると、流れの中に二つの空ビンが、水にもまれながら浮かんでいた。

河童の手

はえなわを始めて、一週間がたった。つまり、七回目の朝を迎えたわけである。その間の釣果はというと、ウナギ三匹、ナマズ五匹、ギギ（八本ひげのナマズ）六匹、というものだった。お目当てのサツキマスは釣れなかったが、一番大きいナマズは七十センチもあり、ばしゃばしゃ暴れるので、取り込みは、とても興奮した。

釣った魚は、こうすけが近くの川魚料理の店にもっていった。たまたま、川でこの店のおやじと仲よくなり、

「ウナギとナマズは買ってやるからもってこい」と、いわれたらしい。

だから、魚はかば焼きとなり、僕たちの釣り具やお菓子に化けたのだった。

「今日は釣れてるかな？」

「さあな」

僕たちは、木をかきわけて河原へおりた。

「あっ、こうすけ。来てるよ、来てるよ」

浮きの空ビンの位置が、かなり動いているのを見て、僕がそういったときには、こうすけはもう取り込み用の大きな網を握りしめて、川の中に飛び込んでいた。僕はこうすけのあとを追いながら叫んだ。

「サツキマスかなあ？」

こうすけは黙ったまま糸を握り、水中をのぞきこむと、網をかまえた。僕は、どきどきしながら、その背中に回った。こうすけの手に握られた糸を、水中で丸い影がぐいぐい引っぱっている。

「なんなの？」

「ちぇっ、しょうがねえなあ」

糸をもち上げると一匹の亀が、浮かび上がった。

「スッポンだよ」

スッポンは、ちぎれそうなほど長く首を伸ばし、手足をばたばたさせていた。岸に上がると、僕たちはスッポンをしげしげとながめた。

「これがスッポンかあ」

「初めて見るのか？」

「うん。鼻がとがってるんだね」

「かまれたら痛いぜ」

「雷が鳴っても離さないって聞いたよ」

「どうかな」そういって、こうすけは、木の枝を手に取ると、スッポンの前に差し出した。スッポンは、釣られたばかりで気が立っていたのだろう。カッと口を開くと、枝にかみついた。

みきっ、と音がして、枝はくの字に折れ曲がってしまった。

「すげえ」

僕たちは、目を輝かせてスッポンに見入った。スッポンは、なんだなんだという顔で後ずさりをしたが、決して枝を離さなかった。しばらくすると、こうすけは枝をつかんでスッポンをもち上げると魚籠に押し込んだ。そして、ふたがもち上がらないように、石で軽く重しをした。

「こうすけ、なかなか釣れないね」

「ああ。なんだ、もういやになったか？」

「ううん。スッポンでもナマズでも釣れりゃ楽しいよ。でもさ、やっぱり釣れてほしいよな、サツキマス」

「そうだな」

「そのうち釣れるよね」

「でもな、もうむりかもしれない」

僕は、驚いた。だって、こうすけが弱音を吐くなんて思ってもみなかったからだ。

「なんでむりなのさ」

「秋の産卵が近づくと、釣れなくなるんだ」

こうすけの顔は、いつになく曇っている。僕は、心配になってたずねた。

「どうしたの？　元気がないよ」

「……いつまでこんなこと、続けられるかなあと思ってさ」

「どういうこと？」

「いや、なんでもないよ」

こうすけは、なにかをかくしているようだった。

「なあ、さとる。おれ、いままでいろんな魚を釣ってきたけど、これほどまでに釣りたいと思ったことはないよ。いるのかいないのかさえ、はっきりしないやつなのになあ」

「…………」

「なんでサツキマス一匹に、こんなにムキになっているんだろう」こうすけはそういうと、スッポンの入った魚籠をもって立ち上がった。

僕たちは服を着ると、いつものように天神橋で別れ、別々に学校へむかった。元気のないこうすけが、心配ではあったが、ひと仕事したあとの朝日はとてもまぶしく、僕は学校まで走っていった。

次の日の朝、事故は起った。

六時ごろ、河童淵へいつものようにやって来たが、めずらしく、こうすけはまだ来ていなかった。かばんをかくれがに置くと、僕はひと足先に川へおりることにした。

朝つゆを浴びないように、木の枝をくぐりながら行くと、真っ青な淵が目の前に現れた。平らな水面にうっすらともやが流れている。とぎれない瀬音にまじり、クイックク、クイックと鳴く鳥の声が、とてもここちよく思えた。そして、なにげなく川の中ほどを見て、僕は驚いた。

（あっ、浮きがない）

確かに仕掛けたはずなのに、流木にでも引っかかり、下流に流れていってしまったのだろうか。そんなことを思いながら見渡すと、

（あ、あった）

浮きの空ビンは、二つ重なるように流れに逆らって動いている。まぎれもなく、何者かが引っぱっているのだ。ナマズやスッポンでさえはずせなかった石の重しをはずし、上流へ上流へと動いている。

（ただごとではない）と思った。

僕はとっさに服を脱ぎ捨てると、川へ飛び込んだ。そして、足をすべらせ転びそうになりながらも、必死で浮きを追いかけたのだ。空ビンにあと五メートルと近づいたとき、異変が起きた。僕の気配に気づいたのだろうか、突然、空ビンはむきを変え、するすると河童淵の最深部へ走りだした。

（まずい）と思った。

なぜなら、河童淵の最深部は大岩の前で大きくえぐれ、その深さは五メートルとも十メートルともいわれているのだ。そこにもぐられたら、絶対に取り込みは不可能だ。

（今のうちに、つかまえなくては）

僕は必死で手を伸ばした。へその上まで水に浸かった。

（あと少し、あと少しだ）と、思いながら、さらに追いかけた。

空ビンに手が届くかと思った次の瞬間、突然、両足がフッと川底から離れた。水流に足をとられてしまったのだ。

がぼんっ。

頭から水の中に倒れ込んだ。僕は、手足をばたばたとさせたが、起き上がることはできない。

水にもまれるように流される僕の目に、透きとおる水と、その奥にある河童淵の青い陰が見えた。意外にも、視界は開けていて、真っ白に光る水面から、光のすじのような糸が走っている。糸は真っすぐに青い淵へとむかい、その先に何者かの影が見えた。

（あっ、魚だ）

ギラリと銀色にひるがえった影は、まさしくサツキマスであった。次の瞬間、

がばがぼぼっ。

僕は、すさまじくたくさんの水を飲んだ。

苦しかった。手足はむなしく水をかくだけで、立ち上がることも浮かび上がることもできない。水面がはるかに遠く思え、意識が遠ざかっていくのがわかった。

青かった水の色が、ザワーッと音を立てて灰色になり、このまま、僕は死んでしま

うのかと思った。

　そのときだ。

　深い灰色の水の底から一人の、いや、一匹の黒い影が現れた。僕にむかって泳いでくるそれは、まぎれもなく河童だった。河童は、目玉ばかりをぎょろつかせながら、ずんずんと近づいてくると、竹竿のような細長い腕を伸ばした。僕の腕は、がしりと強く握られた。

　驚くことも、怖がることもできないまま、僕の意識は、河童淵の深い底へと落ちていった。


「さとる、さとる。気がついたのね」

　お母さんの声が、遠くから聞こえた。僕はなにをしているのだろう。ゆっくりと目を開くと、まぶしい光が射し込み、目の前にお母さんの顔がぼんやりと現れた。そして、

「お母さん、もう、だいじょうぶですよ」と、だれかの声がした。

　ゆっくりと声のほうを見ると、白い壁の前に白衣の看護婦さんが立っていたので、そこが病院であることが、すぐにわかった。

「ありがとうございます。ありがとうございます」お母さんは看護婦さんに、涙声でしきりに頭を下げていた。

「さとる、よかったなあ」

（あっ、先生）僕は心の中でつぶやいた。

先生は、ベッドの手すりに手をかけると、

「お前、三日間も眠っていたんだぞ」と、いった。

「そうよ。川で溺れて意識不明のまま、たいへんだったんだから」お母さんも、身を乗り出していった。

頭はぼんやりとしていたが、川で溺れて助けられたらしい、そして、ずっと眠っていたということはわかった。

「さとる……？」

「………」

「おい、さとる。返事をしろ、しゃべれるか」先生はあわてた顔でそういった。

「うん、だいじょうぶ。それで、河童はどうなったの？」

先生とお母さんは、一瞬、顔を見合わせたが、すぐに、寝ぼけているのだろうという顔で笑った。

どうせ信じてくれないだろうから、僕はなにもいわなかったけれど、確かにあれは河童だった。こうして僕が生きているってことは、河童が僕を助けてくれたのだろうか。もしそうでなかったら、今ごろ肝を抜かれ、死んでしまっているはずだ。僕はそんなことばかり考えていた。

しばらくすると、お母さんは、

「さとる、母さんはお父さんに電話をしてくるから、おとなしくしてるんですよ。先生、少しの間お願いします」そういって、病室を出ていった。

僕は、お母さんが見えなくなるのを確かめて、先生に話しかけた。

「先生」

「おっ、なんだ」先生は、ベッドのわきにあるイスにゆっくりと腰をかけた。

「僕、やっぱり溺れたんだよね」

「ああ、もう少しで死んじまうところだったぞ」

「河童に助けられたんだ」

「河童？　なにいってんだ。お前、気がつかなかったのか。お前を助けたのは、こうすけだよ」

「えっ、こうすけが」

なんてことだろう。あの青い水の底で僕を助けたのは、河童ではなく、こうすけだったというのか。

「こうすけでよかったよ。お前を見つけたのが、ほかの人間だったら助けにいってもいっしょに溺れるのがおちだったよ」

「先生でも？」

「自信はないな。あいつは、水の多い長良川を、魚のように泳いでいたんだろう。川の流れを読むのが得意なんだろうなあ」

「先生。僕、こうすけにお礼をいわなきゃ。今日、見舞いにきてくれないかなあ」

「うん、それがな……」

「あっ、そうだ。サツキマスは釣れたっていってた？」

「いいや、聞いてないぞ。どういうことだ？」

僕は先生に、はえなわのことや、この一週間のことをくわしく話した。

「あきれたやつらだな。学校の行き帰りに、毎日、そんなことしていたのか」

「先生だって悪いんだよ、こうすけにあんなことをいうから」

「それもそうだな。で、お前は溺れながら、魚の影を見たんだ」

「うん、銀色に光る大きなやつ」

「きっと、サツキマスだろうな」

「うん、きっとそうだよ。今ごろ、河童淵の底でつかまらなくてよかったと、ほっとしてるだろうなあ」

ドアがノックされ、お母さんが入ってきた。

「さとる、じきにお医者さんが、見にきてくださるそうよ。それで、異常がなければ二、三日の内に、退院できるんですって」

さっきまで緊張していたお母さんの顔は、ずいぶんと和らぎ、少し涙ぐんでいた。

「いやあ、よかった。本当によかった。あとは、たくさん食べて早く元気になることだな。さとる、お母さんは、三日も眠らずに看病していたんだぞ。ちゃんということを聞けよ。じゃあ、私はそろそろ帰りますから」先生は、そういって立ち上がった。

「先生、ありがとう」

「ご心配かけまして、本当にありがとうございました」

ドアまで歩いていった先生は、急に振りかえると、少し困った顔をして、寝ている僕を見た。

「なあ、さとる」

「なあに？」

「とってもいいにくいことなんだが……」

「なに？」

「こうすけのことなんだ」

「こうすけの？」

「あいつ、岐阜に帰ったよ」

「えっ……」

「岐阜のおじいさんの退院が決まってな。めんどうを見るってあいつ、帰ってしまったんだ。先生やおばさんは、もっとほかの方法を見つけてやろうと思ったんだが、あいつ、自分でおじいさんの世話をするってきかないんだ」

「…………」

(そんな、なにもいわないで、ひどいじゃないか。僕の眠っている間に行ってしまうなんて、お礼だっていってないじゃないか。さよならだっていってないじゃないか。サツキマスだって釣ってないじゃないか)

それは、あまりにも突然の別れだった。

先生は、もう一度ベッドのわきまで来ていった。

「さとる、お前には黙っていたが、こうすけが俺の家へ訪ねてきたときに、この話は決まったんだ」

「こうすけは、なにもいってなかったよ」

「いいにくかったんだろうなあ」

「みずくさいよ」

「そう、おこるなよ。あいつだって苦しんだはずさ」

「だけど……」

「帰るまでにどうしても、さとると、サツキマスを釣るんだって、絶対釣るんだっていっていたよ。思い出をつくりたかったんだろうなあ」

「…………」

僕は、口を閉ざすと、布団をがばっとかぶった。これ以上しゃべると涙がこぼれそうだった。

「さとる、先生に失礼でしょ」お母さんの声がした。

「いや、いいですよ。退院したら、元気な顔で学校に来いよ。みんな待っているからな」

バタンとドアを閉める音がして、足音が遠ざかっていった。

布団の中で僕の体は、ブルブルと震えた。こぶしを握りながら、歯をくいしばりながら、こうすけの顔を、こうすけの声を、二人でためしたたくさんの遊びを思い出した。考えれば考えるほど涙がこぼれそうになる。しかし、こうすけの最後にいった言葉を思い出して、涙をこらえた。

「なんでサツキマス一匹に、こんなにムキになっているんだろう」

こうすけが魚を食べるためでも、楽しむためでもなく、僕との思い出のために釣ろうとしていたことが、このときわかった。

二日後、僕は退院した。

朝の回診を終え、荷物をまとめてからお母さんとタクシーで家にむかった。五日間入院していたとはいうものの、三日間は眠りつづけていたわけで、その時間の差がみょうな感じだった。タクシーの窓から見る町は五日前と変わりないものの、もう、この町にこうすけがいないということが、僕には信じられないことだった。昨日も一昨日もそのことばかり考えていた。

「さとる、ぼーっとしてるけどだいじょうぶ？　まだ、どこかおかしいんじゃないの」お母さんがいった。

「だいじょうぶだよ」

自分のことはよくわかっていた。もし僕の体に悪いところがあるとすれば、心にぽかんと空いた穴だった。それは病院で治る穴ではないのだ。

タクシーはバイパスを左折し、天神橋を越えた。

「あっ、運転手さん止めて」

「どうしたの、さとる」

「いいから」

「だめよ、帰らなきゃ」

「すぐ帰るよ」

僕は車から飛びおりると、土手を駆けおりた。どうしてもかくれがへ行きたかったからだ。二人の思い出の場所だし、ひょっとして手紙でも置いてあるかもしれない。

いつものように、草や木のトンネルを四つんばいで進むと、いくぶんあたりの草木が、色あせてきたような気がした。

かくれがはしんと静まりかえっていた。初秋の木もれ日が落ちる守り神の部屋、きれいに片づけられた物置、丸いこうすけの部屋に四角い机の僕の部屋、そしてトイレにいたるまで、僕はゆっくりと見てまわった。しかし、手紙らしいものはなに一つなく、すべての部屋から、二人の匂いが薄く消えかかっているような気がした。

た。

「ちぇっ、手紙くらい書いておけばいいのに」僕は、一人でつぶやくと、川へおりた。

僕を呑み込んだ河童淵を見るのは怖いような気もしたが、川は、何事もなかったように、青く静かに流れていた。そして、生けすの近くまで来たとき、僕ははっとした。いつもなら、ふたなどしない生けすの上に、きみどり色をした芭蕉の葉っぱが、たくさん浮かべてあったのだ。

僕は、駆けよって生けすをのぞき込んだ。そして、両膝をつき、両手でそっと芭蕉の葉っぱをよけてみた。

(なにかいる!)

葉っぱの下から、ゆらりと現れたのは一匹の大きな魚だった。生まれて初めて目にする魚ではあったが、それが何者であるかは、すぐにわかった。

「サツキマスだ」僕は、思わず叫んだ。

こいつはまぎれもなく、僕が溺れたあの日、あの青い淵の底で、見たやつだった。そっと手を当てて見ると、六十センチはある。

以前、こうすけに教わったように、両手を冷たい水で冷やし、そっと、サツキマスを水の中で抱いてみた。サツキマスの体は横たわり、銀粉を散りばめたような鱗が、ぎらりと光った。

美しかった。

彼は、見事なプロポーションを誇らしげに見せつけ、決して暴れようとはしなかった。鼻はとがり、とても、いかつい顔をしていたが、対照的に目はやさしさに満ちているように思えた。光の具合で透きとおった黒目は、ブルーにもグリーンにも見える。

「魚は泣くのだろうか」

ふと、先生の言葉を思い出し、僕はじっとサツキマスの目に見入った。吸い込まれるかと思うくらい見入った。

不意に、涙がこぼれた。大粒の涙がぼろぼろ、ぼろぼろと、こぼれた。

「魚だって泣くよな。魚だって泣くよな」

だれも見てない川のほとりで、僕は大声をあげて泣いた。僕の目からこぼれる涙が、サツキマスの上に落ちた。銀色の鱗に、とめどなくこぼれ落ちた。

突然、今までおとなしかったサツキマスが、ぱしゃりと反転し、僕の手を離れて、生けすをとびこえた。そして、青い河童淵のはるかな水底へ、ゆっくりと姿を消していったのだった。

落ち鮎の川

いつのまにか、十月になっていた。

学校の帰り、僕は、天神橋に来ている。橋の中ほどに立ち、矢作川の流れを見つめる僕に、秋の風が吹いた。両岸には、ススキの穂が銀色にうねり、ささやくような音が聞こえる。

こうすけと別れてから、もう一ヵ月がたった。

あれからの僕は、何事もなかったように学校に通い、平凡な毎日を過ごしていた。魚釣りもしなかったし、かくれがにも一度も足を踏み入れてはいない。特別、深いわけなどないのだが、ただ、こうすけのいない今、あのころのような楽しさは、もうあり得ないと思っていたのかもしれない。

うしろを通り過ぎるバスの振動を感じながら、僕は身を乗り出して川を見た。浅瀬には、なにか、黒くかたまる影がある。

落ち鮎だ。

直径五メートルほどの魚の群れは、浅瀬に張りつくようにしてゆらゆらと揺れて見える。ときおり、群れ全体がぎらりと光っては、ふっと移動する。そろそろ日暮れ、産卵の時刻なのだ。

春に、こうすけと出会ったときのあの若鮎が、もう大人になって、この橋の下にいる。産卵をし、短い一生を終えようとしている。

あれからもう、半年がたったのだ。長かったような、短かったような、いろいろなことがあった。しかし、今ではもう、すべてが思い出の中だ。

身を切るような風が、ひゅんと吹いた。さみしいだろうと、ひゅんと吹いた。

（ううん、さみしくなんかない）

僕のポケットには、一枚のはがきが入っているのだ。それは、こうすけから届いたはがきだ。僕は、きのうから、何度も何度も読みかえしたそのはがきを、また、取り出して読んだ。


「さとる、突然帰ってすまん。

元気か。

おれは、元気でやっている。
六月になったら、かならず岐阜に来い。
サツキマスを釣らせてやる。

こうすけ」

僕は、読みすぎて角の丸くなったはがきを、大切にポケットにしまった。風がまた、僕の背中から茜に染まりかけた空に吹き上がる。茜色に染まる川の浅瀬で、落ち鮎の群れがしぶきを上げた。
産卵が、今、始まるのだ。

金さんの魚

夏のトマト

僕の友だちに、金さんという、おじいさんがいる。

金さんは、山部《やまべ》金作《きんさく》といい、六十二歳だ。十二歳の僕と、こんなおじいさんが友だちだなんておかしいけれど、本当のことだから仕方がない。

「ボクたち、友だちね」と、金さんがよくいうから、やはり、友だちでいいのだと思う。

金さんは、「なまず屋」という古ぼけた食堂の主人だ。なまず屋は、天神橋を下った通りにあり、店先には「なまず」と書かれた赤ちょうちんが吊るしてある。お客が十人も入るといっぱいになってしまうようなちっぽけな店だけど、独り者の金さんは、二十年近くもこの店を、守ってきたらしい。この店の裏には、空き地があり、そこが子どもたちの遊び場だった。

夏の始まりのころだった。

《危ない。よい子はここで遊ばない。谷沢工務店》と、書かれた看板の立つこの空き地に、僕はいつものように遊びにきていた。朝夕は、ダンプやユンボーが出入りをして、危ないこともあったが、昼間は皆、現場に出払っていて安全だということを僕たちは知っていたし、別によい子になろうとも思っていなかった。なにしろ、ここにあるブロックやドラム缶、土管や古タイヤが、すべて、便利な遊び道具で、僕たちは、いつも思いのままに楽しんでいた。

僕が、山積みのブロックの上で、友だちを待っていると、

「やあ、やあ」と、声がした。

振りかえると、なまず屋の裏庭に、坊主頭の小柄な老人が立っており、にこにこと笑いながら、

「坊や、なにしてるの。よかったら、こっちおいで」と、手招きをした。

少しとまどったが、それが、金さんであることはすぐにわかった。金さんと話をしたことはないが、金さんは道ですれちがう人すべてに、「こんにちは、こんにちは」と、調子っぱずれな声であいさつをする。だから、金さんの名は、子どもたちの間でも有名だったのだ。

「なんですか？」

「トマトあるよ。おいでよ」金さんは、もう一度にっこりと笑った。

僕は、金さんの、子どものような笑い顔につられて、ブロックの山をとんとんと駆けおりた。おりてみると、小柄な金さんの姿は、青々と伸びた野菜の柵にかくれて見えなくなっていた。トマトやキュウリやトウモロコシの間から、顔を出しては、

「金さん。どこですかあ？」と、呼びかけた。

「ここよ。ここ」

「ええっ。どっち？」

やっとの思いで迷路のような野菜の柵を抜けると、金さんは、そこににっこりと笑いながら立っており、

「よう来たね」と、坊主頭を右手でさすりながらいった。

つられて僕も、

「こんにちは」と、頭をかきながらこたえた。

「坊や、家はどこね？」

「堤防の下の、水口《みずぐち》です」

「ああ、水口さんとこの子ね。金さん、よく知ってるよ。お父さんも、子どものころ

から知ってるよ」

なにやら不思議な気持ちだった。僕が生まれる前のお父さんを、金さんは知っているというのだ。

「坊やは、なんていうの？」

「拓也《たくや》です」

「拓也君か。いい名前ね。拓ちゃんでいいかな」

拓ちゃんなんて、少し照れ臭かったけれど、僕は、こくんとうなずいた。

「さあ、おいしそうなトマトを選んでよ。みんな、ぴかぴかでおいしいけどね」

本当に、みんなぴかぴかだった。どれもこれも大きく色づいて、美しかった。僕は、一番おいしそうなのを見つけると、

「これがいい」と、いった。

金さんは、よしよしという顔でうなずくと、まるまると太ったそのトマトを、金バサミでぱちんと切り、僕に手渡した。トマトは、見た目よりずっしりと重く、手のひらに、ひんやりと感じた。金さんにすすめられて、縁側に腰をかけると、僕はトマトをほおばった。はちきれんばかりに熟したトマトをがぶりとやると、渇いた喉に、みずみずしさと甘さが広がった。

「甘い。甘いよ、これ」

果物のように甘いトマトなんて、初めてだった。

「甘いでしょ。金さんのトマトは甘いのよ」

金さんは、上機嫌で笑った。

僕は、あまりのおいしさに、じゅるじゅると音を立ててしゃぶりついていた。そんな僕に、金さんは、やさしい目を向けて、

「拓ちゃんは、おいしそうに食べるね」と、いった。そして、「ちょっと、待っててよ」と、家の中に入ると、陶器の壺をもって現れた。「キュウリも食べるね」

「うん」

僕は、遠慮なくこたえた。金さんは、小ぶりのキュウリを二本取ると、一本を僕に手渡した。キュウリは細身で、手にちくちくと痛かった。

「この、甘みそをつけると最高よ」

金さんは、壺の中の赤いみそをつけると、がじりとやった。

「甘みそ？」

「赤いのは、トウガラシの色よ。水あめや、米こうじや、いろんなものが入っているね。金さん特製よ」

僕もまねして、がじりとやってみた。おいしかった。ぴりりとした甘辛さに、キュウリのみずみずしさが加わって、ただのキュウリとは思えなかった。

「金さん、これ、おいしいよ」

「そうかい、金さん、うれしくなるね」

金さんは、僕がおいしそうに食べるのが、うれしくてならないようだった。

「あっ、そうだ。拓ちゃん。金さんが、食いしん坊の証拠に、おもしろいものを見せてあげるよ」

「なあに？」

「あそこに、井戸があるよね。あの井戸、のぞいてごらんよ」

僕は、庭の隅にある井戸に駆けよって、中をのぞいてみた。井戸は、一メートルほどの幅で、それほど深くなく、三メートルほど下がったところに水があるようだった。しかし、わかるのはそれだけで、それ以上は薄暗くて、はっきりとしなかった。

「金さん。暗くてよく見えないよ」

「そこに、ロープがあるでしょ。それをたぐってごらん」

いわれるままに、井戸に垂らされたロープをたぐってみた。重かった。ずっしりと、重かった。

「なんなの、これ。重いよ」

「がんばって、がんばって」

ずどん、ずどん。

ロープの先で、何者かが暴れだした。

「金さん。なに、なに？　生きてるよ」

「だいじょうぶよ、だいじょうぶ」

ロープをぜんぶ引きずり上げると、その先には網の袋がついていた。

ごろん。

ばたん、ばたん、ばたん。

僕は、なにが起きたかわからず、網の中の黒いかたまりを、呆然と見つめていた。

「ナマズよ、ナマズ。あっはっははっ」

網の中には、三匹の大ナマズが、真っ黒な体を、てらてらさせながら動いていた。

「拓ちゃん。驚いた？　ごめんね」と、金さんは、申しわけなさそうにいった。

「金さん、なんでこんなもの飼ってるの？」

「なんでって、食べるのよ」

「ええっ。なまず屋って、本当にナマズを食べさせるの」

僕は、こんなグロテスクなナマズを、本当に食べるなんて、思ってもいなかった。

「拓ちゃんは、食べたことないのね」

「ないよ。こんなの。だいいち、おいしいの？」

「おいしい、おいしい。金さんは、魚の中で、一番好きね」

「なんだか、気味悪いなあ」

「拓ちゃん。見た目の悪いやつはおいしいと相場は決まってるね」

金さんは、そういうと、網の中から一匹のナマズを桶《おけ》の水に移し、あとのナマズを井戸へかえした。ナマズは、丸い桶の中を、ぐるんぐるんと勢いよく回ったが、出られないと悟ると、はふっ、と一つ、大きな息をした。

「だけどさ、ナマズなんて魚屋においてないよ」

「それは、日本人があまり知らないだけよ。世界中には何百種類ものナマズがいて、みんなそれを食べてるよ」

「そうなの？」

「アメリカでは、キャットフィッシュと呼んでフライにするし、中国でもみんな食べてるよ。日本でも、ウナギみたいに蒲焼きにして食べる人はたくさんいるよ。拓ちゃんは、ナマズ、嫌い？」

「わかんないよ、食べたことないし。でもさ、よく見ると愛嬌があるよね、ナマズって」

「そうなのよ、こいつは、なかなかかわいいのよ。拓ちゃんもそう思いかい。うん、うん」

金さんは、ナマズの頭を指でなでながら、満面の笑みを浮かべた。

「金さん。ナマズが地震起こすって、本当かなあ？」

「どうかねえ」

「僕、知ってるよ。ナマズには地震を予知する力があるんだって。だから、地震の前になると暴れたりしてさ、地震を起こしたなんていわれるようになったんだって。でも、その力はさ、どんな動物にだって本来あるものなんだって」

「拓ちゃん、よく知ってるね」

「この前、理科の先生がいってたんだ」

「じゃあ、ナマズは、漢字でどう書くか知ってる？」

「えーっ、知らないよ」

「ナマズはね、こう書くのよ」

金さんは、庭の土に指で「鯰」と書いた。

「これ、念仏の念だね」

「そうよ、感謝の念ともいうでしょ。念はさ、『思うこと』の意味なのよ」

「そういえば、ナマズって、考えてるって顔してるね」

「偉そうに、髭《ひげ》まで生やしてね。そうだ、もう一つ、教えてあげるよ」

「なになに？」

「中国では、ナマズを『鮎』と書くのよ。日本では『鮎』は、アユのことなのね」

「あっ、これ、占うっていう字だ」

「そうなのよ、中国ではナマズで占う。日本ではアユで占う。なんのことだと思う？」

「占うかあ？」

「豊作よ」

「豊作？」

「お米が、取れるかどうか占うのよ」

「ナマズや、アユで？」

「そうよ。春、雨の多いときにはナマズが湧くように群れるし、夏、お日様のよく照る年は、アユの成長がいいわけよ。天気と魚、天気とお米、そういう関係の中で生まれた『占い』なんだと、金さんは思うよ」

いとしそうに、ナマズを見つめながら、金さんは、そういった。

ナマズは、こちらをむいてじっとしていたが、桶をこんこんとたたいてやると、滑らかなしっぽをゆらゆらさせて、後ずさりをした。その愛嬌のある大きな顔は、どこかしっかりと、金さんに似ており、僕は、この魚が好きになれそうな気がした。

それからというもの、僕は、金さんに会うことが多くなった。相変わらず友だちともよく遊んではいたが、金さんの仕事休みである二時から三時ころになると、決まって金さんのところへ行った。「勝手に庭へ入ってもいいよ」と、いわれていたので、金さんの仕事が終わるまで、畑の草を取ったり、水をやったり、ナマズをのぞいたりしていた。ときには、金さんの手伝いで、えんどう豆の筋を取ったり、トウモロコシの皮をむいたりもした。でも、それは僕にとって、「お手伝い」なんかではなく、一種の「遊び」だった。金さんもそれをわかっているらしく、僕に、次つぎ、「新しい遊び」を与えてくれた。家では、部屋の掃除さえしない僕のこんな姿を見たら、お母さんはびっくりするにちがいないと思う。

ある日のことだった。なにげなく、井戸のロープをもち上げてみると、軽いことに気がついた。ロープをたぐってみると、ナマズは一匹も入っていない。

「金さん、金さん。たいへんだよ」

僕は、勝手場で洗い物をしている金さんを呼んだ。

「どうしたの？　拓ちゃん」

ガラス戸を、がたがたと開けて金さんはこたえた。

「たいへんだよ。ナマズが、井戸の中に逃げたみたいなんだ」

「逃げた？　はははっ、だいじょうぶよ」

金さんは、ふきんやらタオルやらを胸に抱えて庭に出ると、井戸の横の物干しに、
それをかけながら笑った。

「だって、一匹もいないよ」

「きのう、ぜんぶ売れたのよ」

「ぜんぶ？　そうか、みんな、食べられちゃったんだ」

「そうよ。谷沢さんとこの大将が、若い衆連れてきてね、うまいうまいって、ぜんぶ
食べちゃったのよ……あっ、拓ちゃん」

「なに？」

「拓ちゃん、ナマズかわいがっていたから……」

「なんだよ、金さん。ちがうよ。あれはもともと売り物のナマズでしょ。食べられて当たり前でしょ」

「それなら、いいけどね」

金さんのいうとおりだった。毎日、毎日、顔を見ているうちに、僕はナマズをかわいいと思うようになっていた。ナマオなんて名前までつけて、ペットのように接していたのだ。

「金さん。でも、次のナマズ、すぐに来るんでしょ」

「それがさ、困ったのよ。ナマズはね、植木屋の浦《うら》さんに、いつも分けてもらっていたのだけれど、浦さん、梯子《はしご》から落ちてね、とうぶん、仕事にも魚釣りにも行けないらしいのよ。だから、なまず屋のナマズは、しばらく品切れね。なまず屋にナマズがないなんて、困った話よ。まあ、もともとただの食堂だけどね」

金さんは、そういって坊主頭を手でさすった。

「じゃあ、金さん。あのナマズは、魚屋で買うんじゃないんだ」

「そうよ、矢作川で取れた天然物よ」

「じゃあ、矢作川で釣れば？」

「だめだめ、金さんは、魚釣りをしないよ」

「だったら、僕が釣るよ」

「拓ちゃんは、ナマズ釣ったことがあるの？」

「ないけど、釣るよ。釣れるよ」

「でも、浦さんは、素人にはむりだっていってたよ。それに、夜釣りだともいってたよ」

「夜釣りかあ」

「危ないから、むりしなくていいよ」

「ちがうよ、金さん。僕が、一度ナマズを釣ってみたいだけだよ。それに、釣ったら、買ってくれるんでしょ」

「そりゃあ、もちろんだけど」

「だったら、こんないい話はないさ」

僕は、少し興奮ぎみにこたえた。

金さんは、また、坊主頭をさすりながら、

「拓ちゃんは、やさしい子ね。でも、本当にむりしないでね」と、いった。

その夜、さっそく僕は、お風呂でお父さんにナマズ釣りのことや、金さんのことを

話した。お父さんは、最初、にやにやしながら聞いていたが、やがて、

「ナマズ釣りか、いいなあ」と、ぽつりといった。

「えっ、お父さん、ナマズ釣り知ってるの？」

僕は、少し驚いた。お父さんは、魚釣りなどに興味がないと思っていたからだ。

「ははは、ナマズ釣りは子どものころによくしたさ。それも、金さんや浦さんに、教わってな」

「ええっ、本当。金さんや浦さんのこと、知ってるの？」僕は、お父さんの背中をごしごしやりながらいった。

「拓也には、話してなかったかな。でも、父さんが、子どものころの話だよ」

「僕ぐらい？」

「そうだな。拓也くらいのときだよ。戦争が終わったばかりでな、金さんと浦さんは、神社の裏にあばら小屋を建てて住んでたんだ。二人とも、見た目は怖かったけどな、子どもにはやさしかったよ。とくに金さんは、やさしかったな」

「今と同じだね」

「うん。ただ、今はやさしいおじいさんだけれど、当時はたくましい男って、感じだったな」

「あの金さんが？」

「そりゃ、そうだよ。満州から帰ったばかりだったからな」

「満州って？」

「かんたんにいうと、昔、日本が占領していたころの、中国の呼び名だ。拓也のおじいさんも、満州に行ってたんだぞ」

「それは、聞いたことあるよ。金さんもおじいさんみたいに、兵隊だったの？」

「いや、金さんは兵隊じゃなかった。むこうに住んでいたらしいんだけどな、くわしいことは、教えてくれなかったな」

「そっかあ」

「でもさ、浦さんが教えてくれたことがある。金さんには、満州に奥さんと子どもがいたんだ」

「ええっ、どういうこと？」

「さあな、それ以上は父さんにもわからん」お父さんはそういうと、僕の頭の上に、お湯をサバンとかけて、湯船に浸かった。

僕たちは、しばらく黙ったままで、湯船に浸かっていた。お父さんは、少し間が悪い様子で、何度もタオルで顔をこすった。そして、思いついたように、こういった。

「拓也、ナマズ釣りのエサは、なんだと思う？」

「なんだろう……ミミズかな？」

「ほかには？」

「うーん。思いつかないや」

「ナマズはな、悪食《あくじき》だから、なんでも食うんだよ。ミミズだって、小魚だって、ザリガニだって」

「本当に？」

お父さんは、ニヤリと笑い、

「本当さ、がばあっと大口開けて、呑み込んじゃうんだ」と、おどけてみせた。

「や、やめてよ」

すると、お父さんは調子に乗って、タオルを手にぐるぐる巻いた。

「いいか、よく聞け。お父さんは、カエルで釣ったんだ。カエルの背中の皮に、薄く針を刺してな、モやアシの間を泳がせるんだ。自然に、自然に。するとな、いきなり水の中から、ナマズが、がばっと！」

「うわあ」

突然お湯の中の、タオルのナマズが襲いかかってきたものだから、僕は、まぬけな叫び声を上げてしまった。

「やめてよ、もう」

「はっはっはっ、まいったか。でもな、本当にナマズって、すごいんだぞ。なんでもひと呑みにしちゃうんだぞ」お父さんは、子どものような顔で、そういった。

「いいかげんに、僕上がりなさいよ」と、お母さんに叱られるまで、僕たちの話は盛り上がった。

布団に入ってからも、僕は興奮して、なかなか寝られなかった。

「お父さん。僕、考えたことがあるんだ」

「なんだ」

「ナマズさ、さっき、お父さんが子どものころやった釣り方で、釣ってみようと思うんだ」

「カエルでか?」

「うん」

「そいつはむりだ、カエルのぽかん釣りは、モの生えた池や沼がいいんだ。矢作川はむいてないよ」

「チエッ、そうか」

「矢作川なら、浦さん直伝の釣り方を教えてやろう」

「教えて、教えて」

「まず、竹竿に糸を付け、その先に針を付ける。おもりは大きめ。針の上、三十センチくらいだな」

「大きめって、どのくらい？」

「石ころでもなんでもいいさ。父さんはな、ガラスの薬ビンをしばりつけてたんだ。川の流れでエサが浮かなきゃ、なんでもいいんだ」

「ふーん。で、エサは？」

「魚。小ブナだって、ハヤだって、なんでもいいよ。はじめに、ミミズで小魚を釣ってな、それをエサにするんだ」

「小ブナのエサか……」

「なんだ、小ブナを釣る自信がないのか」

「そうじゃなくてさ、本当に小ブナで釣れるのかな」

「はじめは、みんなそう思うさ。信じろって」

　確かに、名人浦さんの釣り方だから、まちがいないと思う。それに、大魚が小魚を食べることも、知っている。しかし……。

「お父さん、川には、ものすごくたくさんの小魚が、泳いでいるわけでしょう」

「いるよ、うじゃうじゃいる。何千、何万もいる」

「ナマズは、エサに困ってないんでしょ」

「困ってはいないな」

「じゃあ、僕のエサを、わざわざ食べにくるかな」

「そりゃ、くるよ。たとえ、何千匹の小魚が泳いでいても、拓也のエサを食べにくる」

「信じられないな」

「魚とは、そういうもんなんだ」お父さんはそういって笑った。「拓也、弱肉強食って知ってるな」

「うん、ウサギをキツネが食べて、そのキツネをオオカミが食べるってやつでしょ」

「ああ、魚だって同じだな。でもな、手当たりしだいに食べるわけじゃないんだよ。たとえば、大魚は小魚の群れを追い回して、逃げ足の遅いやつから食べるんだ。つまり、それは、けがや病気をしていて長く生きられないものなんだ」

「へーっ。そこまで魚は考えてるの」

「考えてるさ。まあ、本能ってやつだな。そこで、おまえのエサの小ブナだ。背中に針を付けられて……」

「あっ、わかった。不自然な動きをするんだ」

「そのとおり。よし、わかったら、もう寝ろ」

お父さんは、そういうと電気を消し、ぐるりと寝返りを打って動かなくなった。僕は、しばらくの間、お父さんの大きな背中を見ていた。釣ったことのないナマズの姿や、金さんの顔、そして、子どものころのお父さん。いろんなことを考えていたが、いつのまにか、眠りについていった。


次の日、学校から帰ると、さっそく自転車を走らせた。めざす釣り場は、矢作川と家下川との合流点である。もともと、川と川が出合うところは、魚釣りの好ポイントであることを知っていたし、お父さんもこの合流点をすすめてくれた。それに、ここへは以前、フナ釣りに来たことがあるので、勝手もよくわかっていて、なにより、エサのフナが釣れることが安心だった。

自転車を走らせて五分ほど行くと、堤防の下についた。自転車を押して坂を上がると、矢作川の大きな流れが、目の前に広がった。ゆったりと川を渡ってくる南風が、僕の顔をなでていく。僕は、帽子を深くかぶり直すと、ひとこぎずつ、自転車を下流へとこぎ出した。

　釣り場の近くにつくと、自転車をおりた。川へおりる道はない。自転車を堤防の草むらにかくすと、胸まで伸びた夏草に、手足を切られないように、用意して来た長ズボンをはいて、釣竿を差し上げるような格好で土手を下った。青々と伸びるススキの葉や、野ばらの刺《とげ》が、シャツやズボンに絡《から》みつく。僕は、一歩一歩、それを振りほどくようにして、河川敷《かせんじき》の桑畑《くわばたけ》に出た。

　そこからは、もう、釣り場にむかって、一直線に走った。釣り場につくと、真っ先に、川をのぞいてみた。矢作川の本流は流れが速く、川底には黒い玉石がごろごろしている。そして、ときどき、その石の近くに、きらっきらっと身をくねらせる鮎の姿が見えた。

　今度は、支流の家下川をのぞいた。こちらは薄緑に濁《にご》った水で、流れもどんよりとしていた。二本の流れは、いやがることもなく解け合っていたが、その出合いはゆったりと渦を巻き、水の力が絡み合っているようだった。

（ここには、いる）

　釣り人の直感で、僕はすぐそう思った。もう、いてもたってもいられない。大急ぎで袋の中の釣り道具を引きずり出すと、フナ釣りの支度を始めた。そして、どんよりとした支流にむかって、釣り座をとった。

「水深は、六十センチくらいかな」などと、つぶやいて、浮きの位置を直すと、缶詰の缶に入れてきたミミズを袋から、取り出した。これは金さんの庭で掘ってきたものだ。

「土がいいとね、いい野菜もできるし、いいミミズも育つのよ。いいミミズが育つとね、それが、また、いい土をつくるってわけなのよ」

金さんが、そう自慢していたミミズは、赤々として元気がよく、二十匹ほどが、ひとかたまりになって、コロンところげ出た。僕は、そのうちの一匹を引っぱり出すと、金色の細い釣針に刺した。

一投目、玉浮きは上流からゆっくりと流れ、魚の潜んでいそうなモの際を素通りすると、糸いっぱいのところで止まった。当たりはない。そして、二投目、玉浮きはお目当てのモの際で、丸い波紋をぽんぽんとつくり出すと、そのまま、薄緑の水底へふっと消えた。

(きた)

ひと呼吸おいて、竿を立てると、竿は軽く弓なりとなり、クンクンと魚のあたりが伝わってきた。

（フナだな）

ある程度、釣りをすれば、この手に伝わる感触で、魚種は識別できる。びびびっとか、ぷるぷるっとか、ぎゅーんとか、本当にわかるのだ。フナは、水中でいやいやをしていたが、ギラリと反転すると、観念したように水面に顔を出し、ひゅんと、僕の手の中に飛んできた。

「やったあ」

なんなく、一匹目のエサを手に入れて、ほっとため息をついた。

こんな具合に、釣竿を振り、一時間ほどで三匹の小ブナと、一匹の白ハエを手に入れることができたのだった。

（これだけいればいいな）そう思い、僕は、本命のナマズ釣りに取りかかることにした。

フナ釣りの糸と仕掛けを糸巻きに巻くと、道具箱から、鯉釣り用の太い糸を取り出した。糸の先を竹竿にしっかりと結ぶと、ほどけないように、何度も何度も確かめた。

「よし、だいじょうぶだ」

糸を竿と同じ長さだけ引き出すと、そこに、大きめの針をしっかりと結びつけた。

そして、おもりには、家の道具箱にあった六角形の鉄のボルトを、結びつけた。(本当に、こんな仕掛けで釣れるのかな?)という心配は今でもあったし、(この釣りは、人に見られたら恥ずかしいな、きっと、笑われるな)とも思った。しかし、幸いここには僕しかいないし、ここまで来たらやるしかない。そう、自分にいい聞かせると、合流点のポイントにむかった。

アシをかき分けて進むと、突然、グワッと、大きな鳴き声がし、ドボンと川になにかが飛び込んだ。

一瞬、ビクッとしたが、すぐに、

「なんだ、ウシガエルか」と、声に出していった。

初めてのナマズ釣りで、少しばかり緊張していたらしい。

水辺におりてみると、ポイントに竿を入れられる釣り座は、一つしかなかった。それは、二つの川の間の、ちょうど岬になった部分の先端である。僕は、その先端に、竿と道具を置くと、胸を張るようにして川を眺《なが》めた。釣り座では、よくやるポーズである。

ここに立って気がついたのだが、さっき上で見た合流点の渦は、岸から十メートルほど先にあり、それは、僕の竿では、とても届かない距離だった。そして、もう一つ気がついたことがある。その渦の手前に、大きな岩が三つほど沈んでおり、一番手前の頭を出した岩には、流木とゴミが絡みついている。水の流れはゆるやかで、岩の下はえぐれているように思われた。

(この岩と流木の下には、絶対にナマズがいる)あらためて、そう思った。

僕は、おもむろに魚籠から、十センチほどの小ブナを取り出すと、

「ごめんね」と、いいながら、その背中に大きな針を突き立てた。

小ブナは、ビビッと震えたが、水に戻すと背中に針を付けたまま、元気に泳ぎ回った。

「さあ、始めるぞ」

ゆっくり、釣竿を流れのほうに立てると、小ブナは不自由そうに水面を流れて下流へ下っていく。そして、小ブナが岩のあたりまで下ったとき、僕は、そっと竿を寝かせた。流れからそれて、水の抵抗がなくなると小ブナはボルトの重みで、フッと、沈んだ。あとは、ナマズの釣れるのを待つだけである。竿をアシの根元にしっかりと差し込むと、念のため、三十センチほどの石を、その上に乗せた。

青い空にむかって、低く斜めに突き出した竿の先を見ていると、やっと落ち着いた気持ちになった。まだ、ナマズは釣ってないが、とりあえず竿を入れたことで、かな

りほっとした。

　束になって立ち上がる青い草を座布団がわりに、僕は、どっかりと座り込んだ。川からくる風は、ひんやりとして気持ちよい。そして、うしろのアシの、ざわざわと鳴る音が、さらに僕の心をなごませてくれた。

　ときおり、竿先が、クンクンと小さく揺れた。そのたびに僕はお尻を上げて、竿を上げる態勢をとった。しかし、竿をぐんぐんと引き込むようなあたりは続かない。

「なんだ、小ブナが暴れてるだけか」

がっかりとしたように、そういいながらも、心の中では、

（よし、よし）と、思った。

　小ブナが暴れているということは、きのう、お父さんがいったように、川の底でその動きが目立っているわけなのだ。だから、反対に竿先がピクリともしなくなると、心配で、

（エサが、はずれたかな？）と、竿先を少し上げてみたりした。

　けっこう、せっかちな行動である。以前、「釣りは気の短い人にむく」と、聞いたことがあるが、こういうことかもしれないと思った。見えない川の中を想像して、あでもないこうでもないと考える、そんな人でなければ、釣りはむかないということ

なのだろう。

そうこうしているうちに、どんどんと時間は過ぎていった。

ぱしゃり、と、跳ねる魚のつくり出す波紋を見て、鯉かなと思ったり、（ここには、ナマズなんかいないんじゃないかな）と、思ったりしているうちに、もう、時計は五時を回っていた。

対岸の堤防を走る車の数がふえてきて、（もう、今日はだめだな。あと、十分で帰ろう）と、思った。

しかし、十分が過ぎると、

（もう、十分）

これでは、きりがないと思ったが、暗くなればなるほど、ナマズは釣れるということを知っていたので、しつこく粘った。

時計が、六時を回ったとき、太陽が堤防のむこうに沈んだ。日没は七時ごろなので、あと一時間は粘れるが、薄暗くなった河川敷を一人で帰るのは、正直いってこわかった。太陽がかくれると、空は青いものの、水辺には影が差し、心細くなってくる。

「本当に、あと十分だけだぞ」自分にそういい聞かせた。そして、もう一度、エサを確かめようと竿先を、ひょいと、動かした。

そのときである、
ごつん。

両手にあたりを感じた。

(まさかな)

信じられない気持ちだった。しかし、ひと呼吸おくと、
ごんごん、ごんごん。

鈍く重いあたりが続いた。

(き、きた)

あきらかに、何物かが、エサの小ブナをくわえている。竿先は、あたりのたびに二十センチほど、大きく揺れる。

(もっと、じっくりと、呑み込ませなくては)

いや、本当は怖くて上げられないのだ。

(どうしよう)

しかし、勝負は、むこうから仕掛けてきたのだ。

ぐん、ぐん。

引っぱられる竿先は、次の瞬間、一気に水面に突き刺さった。僕は、とっさに竿を立てる。

がつっ。

竿は、満月を描いた。魚は動かない。糸は、一直線に、水中に突き刺さっている。大物であることは、すぐにわかった。

魚は、ひと呼吸おいてから、僕の力を確かめるように、ゆっくりと動き出した。

（あわてるな、あわてるな）自分に、いい聞かせた。

あの大きな針と太い糸である。普通なら切れることは、まずないだろう。もし、しくじるとすれば、その原因は二つだ。一つは、あの流木に糸を絡ませること。もう一つは、竿を伸《の》されて、糸を切られること。どんなに太い糸だって、竿の弾力を失えばおだぶつだ。

なにがなんでも、竿を伸されないように気をつけた。魚は、上流へ上流へと流れの中を逆らって走り、僕の上手で反転した。

（糸をゆるめるな）

今度は、流れに乗りながら、下流に下る。

（まずい、竿を伸される）

僕は、竿を思いっきり、よどみのほうに寝かせ、魚を流れから引きずり出した。

(よし)

流れから外れると、魚はうんと軽くなり、じりじりと寄ってくる。

(このまま、上がるかな)と、思ったとき、魚は最後の反転をした。

ぬらり。

黒々とした魚体は、まさしくナマズのものだった。

(でかい)

五十センチはありそうだ。僕は、膝が、がくがくするのを感じた。ナマズは、流木の下へ入り込もうとする。両手は、それに耐えている。

(だいじょうぶか、切れるな)

しかし、その割に結末は意外にあっけなかった。

ナマズは、流木に潜るのをあきらめると、あっさりと水面に浮かび上がり、大きな口で、はふっ、と空気を吸った。そして、水面を滑るように、こちらへ、するすると寄ってきたのだ。僕は、慎重に後ずさりながら、竿の弾力を使い、ナマズを岸に引きずり上げた。

びたん、びたん、と、暴れるナマズを、僕は、タオルで押さえ込むと、素早く魚籠に押し込んだ。

「よし、これで逃げられないぞ」僕は、上ずった声でそういうと、もう一度、ナマズを押さえ込んで、釣針を外した。針が、がっちりと上顎《うわあご》にかかっていたことが、なによりもうれしかった。

気がつくと、あたりは薄暗くなっていた。僕は、大急ぎで釣り道具を袋にしまい込むと、竹竿をアシの茂みにかくした。そして、ナマズの入った魚籠を手に、アシをかき分けて走りだした。夕暮れの河川敷は、静まり返っていたが、右手に下げたナマズの重さが、その不安を忘れさせてくれた。

(早く、金さんを驚かせたい)

僕は、なまず屋にむかって、自転車をこぎ出した。

草魚《そうぎょ》

「拓ちゃん。いつも、すまないね」金さんが、裏庭でそういった。

「今日は、小さいのばっかりだよ」僕は、ナマズの入った魚籠を、金さんに差し出した。

「いいよ、いいよ。これはこれで、おいしいのよ」金さんは、ナマズを井戸の網に移しながら、そういった。

初めて釣ったナマズを、金さんのところにもって来てから、もう、二十日ほどが過ぎていた。僕は、夏休みに入ったのをいいことに、毎日のように、矢作川へ通い、ナマズを釣った。友だちと約束のある日や出校日も、朝だけとか、夕方だけとかいうぐあいに通いつづけた。一匹も釣れない日もあったが、大雨のあとなどは、一日に五匹も釣って金さんを驚かせたこともある。

金さんは、ナマズを料理してはお客さんに出し、僕には、ナマズ代金としておこづかいをくれた。

「拓ちゃん。小さいのが三匹だから、六百円ね」

「ありがとう」

小さいのが二百円で、中くらいのが三百円。そして、大きいのは四百円だった。これは、以前、金さんが決めた値段だ。そのとき、僕は、

「好きでやってるんだから、お金なんかいいよ」と、いって断ったのだが、

「拓ちゃん。金さんは、とても助かっているのよ。これは、友だちじゃなくて、商売のおつき合いよ」金さんは、そういって、譲らなかった。僕も、なにか大人のつき合いをしているようで、悪い気はしなかった。

「そうそう、拓ちゃん。実はね、きのう、浦さんのお見舞いにいってきたのよ」

「だいじょうぶだった？」

「うん。梯子から落ちたときに、腰をひどく打ったみたいだけれど、もう歩けるようになったみたいよ」金さんは、うれしそうにそういった。

「そうか、じゃあ、もう僕が釣らなくてもいいんだ」

少し、残念だった。こづかいをもらえなくなるということでなく、金さんの喜んでくれる顔を、見れなくなることのほうが残念だった。でも、もともとこの仕事は、浦

さんのものだから、仕方がない。

「ちがうの、ちがうのよ。浦さんも、ナマズのこと心配していてくれてね。拓ちゃんが、代わりに釣ってきてくれること話したら、大喜びでね。それが、水口さんところの坊やだっていったら、びっくりしていたよ」

「うん、お父さんも、浦さんを知っているって」

「それでね、浦さんが、金さんに、こういうのよ。いいか、ナマズは今までどおり坊やから買えよ。余ったら、俺のはくれてやる。それが、筋ってもんだ」

「ほんとう？」

「金さんも、そのつもりだったからね。拓ちゃんは、今までどおりもっといでよ」

「なんだか、悪いなあ」

浦さんや金さんの気持ちが、とてもうれしかった。

「それと、浦さんが、拓ちゃんに会ってみたいって。いっしょに釣りがしたいっていってたよ」

「浦さんって、名人なんでしょう？　恐いなあ」

「恐くないよ。名人といってもね、ナマズなんか釣る変わり者が、ほかにいないだけの話よ」

「変わり者で、悪かったね」僕が、わざとふくれた顔をして、そういうと、金さんは、

（しまったあ）と、舌を出し、坊主頭をさすった。

次の日、僕は、朝早く起きて釣り場にむかった。四時半ごろである。堤防はまだ薄暗く、河原にはもやがかかっていた。百メートルほど前方の道の端に、黒い小さなかたまりが見えた。近づくと、それは野ウサギで、野ウサギは僕の姿に驚くと、道沿いを五十メートルほど疾走して、土手の茂みにかくれた。

朝早く、堤防を走ると、いろいろな動物に出会うことが多い。それも、ふだん、会うことのできないやつらである。野ウサギやキジ、ウズラの親子、キツネにタヌキ。友だちにいっても、信用してくれそうもない動物たちだ。

「お父さんが子どものころには、みんないたんだから、拓也のいうことは信用するよ。道や宅地が広がって、やつらの住むところは、あの河川敷しか残されてないんだろうなあ」と、お父さんはいっていた。

僕は、いつものように自転車を止めて、土手を駆けおりた。薄いもやのかかる桑畑を抜けて釣り場まで来ると、いつもはだれもいない釣り場に、人影を見つけた。それ

は、かなり年配の老人のようで、いつも僕のやる、合流点の先端で竿を出していた。(今日は、釣りにならないな)と、僕は思った。フナやハヤならどこででも釣れるが、ナマズとなると、やはり、あの先端でしか釣れないと思っていたからだ。

少し、出端をくじかれた感じで、老人のうしろ姿を眺めた。老人は、静かに竿先を眺めていたが、僕の気配に気づいたようで、うしろを振りかえった。色黒で、やせ顔のぎょろりとした目が、こちらをにらんだ。

「こ、こんにちは」

取っつきにくそうな人だなと思ったが、軽くあいさつをした。

老人は、僕を、しげしげと眺めると、

「水口の坊か?」と、いった。

僕は、黙ってうなずいた。突然、名前をいわれてびっくりしたけれど、この老人が、浦さんであると、気づくのに時間はかからなかった。

「浦さんですか?」

老人は、にかっと笑うと、僕に手招きをするのだった。手製であるらしい木の箱に座り、竿先を見つめる浦さんのうしろに、僕は、黙って立った。

「金作のやつに、聞いての」浦さんは、竿先を見つめたまま話し出した。「俺が、へまやった間に、すまんかったの」

「ううん。好きでやってるだけだから」

「ははは。好きじゃなきゃあ、やれんわのぅ」浦さんは、笑ってそういった。

「浦さん、釣れました？」そう、僕が聞くと、浦さんは魚籠のほうを指さした。

竹で編んだ壺形の魚籠の上には、漬物石ほどの石が置いてあり、僕はその石をそっとどかした。

「うわあ、すごいや」

魚籠の底には、数匹のナマズが「の」の字を書いて、重なり合っていた。それも、すべてが四十センチはある立派なやつばかりだ。

「さすがだな」

「いいや、夜中からやってるでな」

「夜から？」

「おう、ナマズは夜のほうが、食いがいいでね」

「そんなにちがう？」

「全然ちがうな。夜だと、入れ食いになることも多いんや。やっぱり、やつら夜遊び好きよう」浦さんは、そういってにやにやと笑った。

「浦さん、エサは、なんでやってるの？」僕が聞くと、浦さんは、釣竿をそっと上げた。

流れの中から、赤い小さなかたまりが飛び出した。

「あっ、ザリガニだ」

「俺は、こればっかりだ。坊は、なに使っとる」

「僕は、小ブナ」

「ほう、そうか」浦さんは、ぶっきらぼうに、そうこたえると、ザリガニをぽちゃりと流れにかえした。「坊、小ブナもいいが、ザリガニもいいぞ。その缶の中に、まだまだおるで、使ってみろや」

「ありがとう」

僕は、缶の中から一匹ザリガニをもらい、浦さんのとなりに釣り座をとった。

初対面の者同士が、こうしてとなり合わせに座っているのも不思議だったが、おたがいに、話をしなくても気にならないのも不思議だった。やっぱり、釣りは一人の遊びらしい。

三十分ほどたっただろうか、浦さんがいった。

「坊は、なんで、金作のこと知っとるや」

「うん、たまたま。たまたま、裏庭で会って、トマトをごちそうしてもらった」

「そうか、あいつは、子どもが好きだからな」浦さんは、そういうと、また、黙り込んだ。

どうやら、浦さんは、僕に気を使って、なにか話そうとしているようだった。僕は、思い切って浦さんに聞いた。

「ねえ、浦さん」

「ん、なんだ」

「金さんに、子どもはいないの？」

「おう？」浦さんは、突然の質問に驚いたようだった。「なんでだ？」といわれながら、ばかなことを聞いたものだと思ったが、思い切ってこういった。

「お父さんに、聞いたんだけど……。満州ってところに、金さんの奥さんと子どもがいるって……」

浦さんは、一瞬、険しい顔になったが、すぐに、ほほ笑んだ。

「坊、満州って知ってるか？」

「ううん。中国のことって聞いただけ」

「そうか、なんといっていいかなあ。戦時中のことだからな」

「いえ、いいです」僕は、聞いてはいけないことを聞いてしまったような気がして、そういった。

「いいことはない。いいことはないんだ」浦さんは、そういって話し出した。「坊、戦争があったってことは、知ってるな」

「うん、昔のことでしょ」

「昔といってもな、お前のおやじが、お前くらいのときだから、そんなに昔でもないんだぞ。日本は、中国を占領してな、満州って国をつくろうとしたんだ。それで、たくさんの兵隊が満州へ渡ってな、そりゃあ、ひどいことをしたんだ」

「金さんは、兵隊じゃなかったんでしょ」

「ああ、金作は、開拓団として満州へ渡ったんだ。日本に住んでても、満足に飯も食えないころだったからな。生まれた土地を捨てて、むこうでひと旗上げようと、思ったんだよ。でもな、むこうも、もっとひどかったらしい。朝から晩まで鍬を振りつづけて、荒れた土地を耕すんだ。本当に、日が昇ってから、日が沈むまでだ。金作はな、夢見て出かけた満州で、毎日毎日、そんな暮らしをしていたんだよ」

「想像つかないや」

「そりゃ、そうさ。俺にだって、想像つかない。金作は、あまり、しゃべりたがらないからな。しかし、金作は、苦労の果てに、一軒のあばら屋を手に入れ、女房をもらったらしい」

「結婚して、子どもができたんだ」

「でもな……」

「どうしたの？」

「敗戦と同時に、すべてが終わりになったのさ」

「えっ、どういうこと？」

「どういったら、いいのかな……」それは、とても、いいにくいことらしく、浦さんが、ことばを選んでいるのがよくわかった。「坊、戦争ってのは、家を焼いたり、人を殺したりするもんだと習ったろう」

「うん」僕は、ゆっくりとうなずいた。

「そうなんだ。本当にそのとおりなんだ。金作は、北から下る兵隊に、家を焼かれ追われたんだ」浦さんはそういうと、強ばる表情を解きほぐすかのように、釣竿に手をかけて、立ち上がった。

(金さんの奥さんと、子どもは、殺されてしまったの？）僕は、そう聞きかけて、口をつぐんだ。

浦さんは、ふうっと息を吐いて、ふたたび座ると、

「金作はな、生き別れになっちまったんだ。仕方がないのさ、あの敗戦のごたごたの中で、満州に残れば、やつ自身、殺されていたかもしれないんだ。金作は、そのことを後悔しているようだが、一人で帰ってきた金作を、だれも責められないって」と、いった。

僕の頭の中には、金さんの、あのやさしそうな顔が浮かび上がった。それは今、浦さんに聞いた事実からは、想像のつかない笑顔だった。

「金作はな、子どもにやさしいだろ」

「うん」

「敗戦後、俺と二人で、住んでいたころもそうだった」

「お父さんだね」

「ああ、聞いたか。お前のおやじがちょうど、お前ぐらいの歳だったな。おかしなもんだ」

「お父さんに聞いたよ。金さんも浦さんもよく遊んでくれたって」

「そうだったな。でも、金作のやつは、そのたびに、夜中になると布団の中で泣いていたよ」

浦さんの声が、途切れた。僕はなにもいえず、竿先だけを見つめた。

「坊、悪かったな。変な話を聞かせて」

「ううん」

「だれかに、話したかったのかもしれないな。俺自身が」浦さんは、確かめるように、そういった。

「浦さん。ザリガニのエサは、だめだねえ」僕は、わざとおどけていってみた。

「そうかな」浦さんは、笑ってこたえてくれた。しかし、その目は、まだ、竿先を見つめたままだった。

「僕さあ、いつもみたいに、小ブナで釣ってみるよ」

「小ブナでか?」

「うん。むこうで、小ブナ釣ってくるよ」僕は、そういうと、フナ釣りの道具を手に立ち上がった。

いつものように、支流の家下川の手前までくると、僕は、釣竿を伸ばして振りかえった。岬の先には、浦さんの背中が、小さく見えた。不意にひとかたまりの風が、僕のうしろから浦さんのいる岬の先へざあっと音を立てて走った。すると、浦さんは、思い出したように振りかえり、小さく手を上げた。僕は、釣竿を差し上げて返事をすると、家下川の流れにむかった。

対岸に生い茂るネコヤナギが、風をうけて柔らかく揺れている。青々としたその茂みから、瑠璃色《るりいろ》の光が一直線に飛び出した。

(あっ、カワセミだ)

カワセミは、僕の目の前を横切ると、桑畑のほうへ旋回していった。僕は、その姿を見えなくなるまで目で追うと、もう一度、家下川に目を移した。

そのときである。信じられないことが起った。いや、信じられないものを見てしまった。

ネコヤナギの手前の、いつも小ブナを釣るその流れの中に、黒く大きな魚の影を見つけたのだ。大きいといっても、五十センチや六十センチじゃない。一メートル、いや、それ以上だ。

一瞬、自分の目を疑った。

しかし、それは、あきらかに魚で、一メートル五十センチ、僕の身長ほどの大きさなのだ。息が、止まりそうだった。足が、がくがくと震えた。

しかし、その大魚は、モの際にぽかりと背中をさらすようにして浮かび、動こうとしなかった。黒い魚体には、鱗《うろこ》の模様が、はっきりと見える。虚《うつ》ろそうな目が、どこを見るともなく開かれている。僕の、手のひらよりはるかに大きな鰭《ひれ》が、ゆらゆら揺れている。なんなんだろう。なんで、こんな化け物のような魚がいるのだろう。今、僕の目の前にいるこの魚を、だれが信じてくれるというのだ。

(そうだ。浦さんに知らせなくては)

僕は、そこに浮かぶ大きな魚に、

(頼むから、そこから動くなよ。じっとしていろよ)そういうと、静かに後ずさりして、岬の先端に走った。

「浦さん、たいへんだ」

「どうした、坊」

「こんな、でっかい魚がいるんだ」

「ははは っ。おおげさだなあ」

「そうじゃないって、本当なんだって」

僕は、あわててしまい、うまく説明できない自分がもどかしかった。しかし、浦さんは、僕のただならぬ様子を察して、すぐに立ち上がると、僕のあとについて駆けだした。土手を駆けあがり、家下川の手前に来ると、僕たちは腰を低く折った。そして、じりじりと、魚の見える位置まで近寄った。

「浦さん、あそこだよ。あの、ネコヤナギの手前」

（神様……）と、お願いしたい心境だった。自分で、川をのぞく勇気がなかった。

浦さんは、ゆっくりと立ち上がると、家下川の流れをのぞいた。僕は、浦さんの表情を目で追った。浦さんの目玉は、流れの中をなめるように見ていたが、一瞬、視線が定まると、大きく見開かれた。その表情は、しばらくの間、動くことはなかった。

「坊」

「いるでしょ」

「ああ、とんでもない代物だぜ」浦さんは、かみしめるようにいった。

僕も、川をのぞき込んだ。

（いた）

さっきと同じ場所に、同じ格好で、やつは横たわっていた。

「大きいでしょ」

「ああ、五尺はある。おまえより、でかいぞ」

「鯉かな」

「鯉に似ているが、鯉じゃない」

「じゃあ、なに？」

「草魚だ」

「そうぎょ？」

浦さんは、黙ってうなずいた。

と、そのときである。

さっきまで、じっとしていたその草魚が、動き出した。モの際から、ゆらゆらと流れの中に進み出ると、突然、がぼん、と反転をした。波紋は大きく、子どもが飛び込んだかと思うほどだった。草魚は、下流の深みにむけて一直線に進んだ。そのものすごい勢いで、川底の泥がもくもくと沸き上がった。

一瞬の出来事だった。

僕も、浦さんもポカンと口を開けたまま、草魚の消えていった流れのほうを、いつまでも眺めていた。

「でかかったなあ」

「うん、大きかった。魚じゃあないみたいだったよ」

「そうだな。でも、魚さ」

「うん」

「満州の魚だ」

「えっ、満州の？」

「このことは、だれにもいうな。金作以外のだれにもな」

「秘密なの」

「ああ、俺たち三人で釣るまでな」

あの化け物のような魚を釣るなんて、想像のできないことだった。しばらく、僕は、そこに突っ立ったまま、黙り込んだ浦さんの横顔を見つめていた。

草魚（そうぎょ）
原産地はアジア大陸東部。体長は一メートル以上、体重は十六キログラムにも及ぶ。産卵期は、六月から七月の増水時期。卵は、川底をころがり、流されながら孵化《ふか》するので、長い川でしか繁殖できない。その名の通り、草食性でアシやマコモを好み、一日当たり自分の体重の一～一・五倍も摂《せっ》食《しょく》する。日本では、四十年程前に中国・揚子江《ようすこう》産のものを全国の川に移殖したが、天然繁殖したのは利根川だけである。

僕は、魚類図鑑や事典をお父さんの部屋から引きずり出し、草魚のことを調べまくった。どの本にも、草魚は載っており、その内容はどれも同じようなものだった。浦さんのいうとおり、草魚は草を食べる魚で、中国から来たらしい。しかし、日本では、関東の利根川にしかいないはずの草魚が、どうして愛知県の矢作川にいるのだ。ここのところだけが、納得がいかなかった。

次の日、僕は、浦さんとの約束どおり金さんの家に出かけた。

「あの草魚を、俺たち三人で釣る」浦さんのその計画を実行するための、作戦会議のためである。

金さんの家につくと、浦さんはもう来ているようだった。勝手口が開き、二人の声が漏れていた。

「本当だぞ、金作。まちがいなく、草魚なんだ」

「あの川にね？」

「それも、五尺はありそうな大物さ」

「そりゃ、浦さんが魚を見まちがえるわけはないからね、信じようとは思うよ。でもね、五尺となるとね」金さんは、どうやら疑っているようだった。

僕は、勝手口から飛び込み、

「本当だよ、金さん。大きいんだ。こんなに大きいんだ」と、興奮した声で叫んでしまった。

　金さんは、突然の大声に一瞬驚いたようだが、両手をいっぱいに広げた僕を見て笑った。

「いいよ、いいよ。拓ちゃん。拓ちゃんと浦さんがいうんだから、まちがいないよ、信じているよ」

「本当？」

「ああ、本当よ。金さんは、満州では二メートルもある草魚に、お目にかかっているからね」

「ええっ、二メートルの草魚？」

「大きいよおー、満州の草魚は。満州の川は大きいからね。魚もみんな大きいのよ」

「矢作川より大きいの？」

「問題じゃないね、まるで、海のような川よ」

「そんなに大きいの」

「だからね、草魚の大きさはわかるけれど、それが、矢作川に住んでいることが、信じられないのよ。第一、草魚は中国の魚でしょ。それが、どうして日本にいるの」金さんは、そういって僕の顔を眺めた。

草魚が、どうして矢作川にいるのか。それは、事典にも載っていない謎だった。

そのとき、いすに座ってコップ酒を飲んでいた浦さんが、口を開いた。

「いるのさ。矢作川にも草魚がな」

「どういうことよ」と、金さんが聞いた。

「今朝、漁業組合に電話してな、草魚のことをたずねたんだ。そしたらな……」

「そしたら？」

「ここから、十キロほど下流の岡川の支流にな、数年前に草魚を放流しているのさ。なんでも、天候のせいでモが生え過ぎたから、それを取り除くために放流したらしい」

「生え過ぎたモを、草魚が、食べてくれるわけ？」

「ああ、一年もしないうちに、ぜんぶ食べつくしたんだとさ」

「草魚が草を食べるって、本当なんだ。じゃあ、それが、あんなに、大きくなったんだね」僕が聞くと、浦さんは、

「たぶんな」と、こたえた。

「ねえ、浦さん。あいつ、釣れるかな」

「釣りたくないか？」

「ううん。そりゃあ、釣りたいよ」

「じゃあ、釣れるさ。釣りたいと心から思えば、魚はいつか釣れてくる。魚釣りなんて、そんなもんだ」浦さんは、僕の目をじっと見ていった。

すると、今度は金さんがいった。

「拓ちゃん。浦さん、ああいってるけれど、本当は自信たっぷりなのよ。そのテーブルの上を見てよ」

金さんの指さすテーブルの上には、四つ折りになったタオルが置いてあった。

「なあに、これ」

「開いてごらんよ」

金さんと浦さんは、ニヤニヤしながら僕を見た。僕は、ゆっくりと、その包みを開いた。

「うわっ。でっかいや」

タオルの中からは、大きな釣針が一つ出てきた。固い金属製の釣針は、ちょうど裸電球くらいの曲がりかげんで、その先は鋭くとがっていた。

「す、すごいね、この針。浦さんがつくったの？」

浦さんは黙ったまま、にやりと笑った。

「拓ちゃん。浦さんはね、金さんの大事なテンプラ用の金箸で、その針をつくったのよ。おかげで、金さんテンプラつくれないよ」

金さんのおどけた顔を見て、僕たちは笑った。

「ねえ、浦さん。釣針はわかったけどさ、ほかの仕掛けはどんなものなの？」

僕は聞いてみた。なにしろ、こんなに大きな針を使う釣りなど、想像できなかったからだ。

「仕掛けか。仕掛けは単純だ。その針に一メートルの凧糸《たこいと》をつけてな、そこからは、太いロープさ」

「ロープ？」

「ああ、ぜんぶ凧糸だと切れる心配があるし、草魚とやりとりする間に、手が焼けるおそれがある」

「手が？」

「ああ、あれだけの草魚が暴れて走りだしたら、とても止められやしない。そんな糸を強く握っていたら、摩擦で手がやけどしちまうよ」

「へえ、そうか」

「それからさ、ロープの先には、クッションとして自転車のゴムチューブを縛りつけようと考えているのさ」

「えっ、どういうこと？」

「坊は、釣りをやるからわかるだろう。釣竿の代わりだ。釣糸が切れないのは釣竿がしなって、クッションの役目をしているからだろう。だから、もし、あの草魚が予想以上の力で、ロープが出つくしたときに、切れないようにと思ってさ」

「すごいや」

さすがに浦さんだなと、思った。僕には、とうてい考えつかない仕掛けだった。

「それでさ、エサはなにを使うの？」

「エサか、坊は、なんだと思う」

「それがね、エサだけは想像できないんだよ。草を食べる魚だから、植物だとは思うけど、本当に草で釣れるのかなあ？」

「どうかな？」

「ねえ、教えてよ。なんで釣るの？」

「……正直いうと、俺にもまだ、わからん。だから、金作の庭から適当にもっていこうと思っとる」

「庭から？」

「ああ、キュウリとか、ホウレン草とか」

僕は、驚いた。草魚を釣るのに、野菜を使うとは思ってもいなかったからだ。

「同じ草でも、人間が食べてうまいものは、魚が食べてもうまいと思うにちがいないさ」浦さんは、少し笑いながらそういった。

すると、今度は、金さんがいった。

「それなら、チンゲン菜がいいよ。チンゲン菜なら、中国の野菜だから、草魚もきっと大好きだと思うよ」

「そりゃあいい」

金さんのアイデアに、みんなで笑った。おなかを抱えて笑った。

「でも、拓ちゃん。信じられる？　こんなでっかい釣針を、魚が呑み込むものかね」

金さんは、手にした釣針を、じろじろ眺めながらいった。

大きな釣針が、蛍光灯の光をうけて、きらきらと光った。

「だいじょうぶだ、金作。かならず、釣ってやる」黙っていた浦さんが、口を開いた。

（えっ、釣ってやる？）僕は、不思議に思った。（浦さんは、金さんのために草魚を

釣ろうというのか。どういうことなんだろう)

金さんは、黙ったまま、しばらく釣針を眺めていたが、やがて、ぽつりとこういった。

「浦さんのいうとおり、本当に釣れるといいね。満州の草魚に、もう一度会えたらいいね」

浦さんは、黙ってうなずいた。

僕は、きらきら光る釣針を、いつまでも、見つめていた。

僕たちが釣ったもの

その日は、晴天だった。真っ白な雲が、二つ三つ浮かんでいる青空の下を、矢作川にむけて自転車をこいだ。お昼に、という約束だったので、金さんと浦さんは、もうついているはずだ。

なまず屋は、今日は休業。金さんたちの気合いのほどがわかった。

僕も、十分に気合いを入れてきた。なんの用意もいらないと、浦さんにいわれていたが、ズボンの下に、海水パンツをはいてきた。あの、巨大な草魚が針にかかったら、川の中に引きずり込まれてしまうと、思ったからだ。

土手を駆けおり、桑畑を駆けぬけた。

「金さーん。浦さーん」川辺に二人の姿を見つけると、自然と大声で呼んでいた。

二人は、振りかえって、手を振った。

「もう、釣ってるの？」

「ううん。今、来たところよ」と、金さんがいった。

「釣れそう？」僕がたずねると、今度は浦さんが、

「ははっ、わからないよ。でも、考えれば考えるほど、釣れないような気がしてくるな、この釣りは」と、笑いながらいった。

「だめだよ、浦さん。釣りたい、釣りたいと、心から思わなけりゃ、釣れないよ」

「ああ、そうだった。そうだった」浦さんは、そういって頭をかいた。「じゃあ、坊。手伝ってくれるか。金作は役に立たんから」

「うん」

「浦さん。役に立たんはないでしょ」金さんは、口を尖らせて笑った。

僕は、浦さんにいわれるままに動いた。

まず、僕たちは、川辺に一本の杭《くい》を立てた。それは、大人の腕ほどの丸太ん棒で、浦さんが二本もってきたものだ。僕が、両手で真っすぐに立てているのを、浦さんがあとの一本で打ち込んだ。

コーン、コーン、という音が、川全体に響いた。

「驚いて、草魚が逃げないかなあ」

「そりゃあ、逃げるかもしれないな。でも、一時間もすりゃ、かならずもどってくる

さ」浦さんは、杭の刺さりぐあいを確かめながら、そういった。

そして、手際よく、杭にゴムチューブを結ぶと、その先にロープを縛りつけた。浦さんが、凧糸や針を出して、仕掛けをつくっている間、僕は一歩下がったところで、それを眺めた。相手が一・五メートルもある大物のせいか、浦さんは実にていねいに糸を結んでいるようだった。

「それだけ、しっかりと結べば、安心だね」

「いいや、わからんぞ。あれだけの大物は、俺だって釣ったことないし、どれほどの力があるか、想像もつかん」

「そうだよね。なにしろ僕より、大きいんだもんね」

「でも、針にかかったらの話だがな」浦さんは、まじめな顔でこたえた。そして、凧糸にしっかりと釣針を縛りつけると、紙袋をのぞき込み、こういった。「坊、キュウリとホウレン草とどっちが好きだ？」

「僕？　僕はキュウリのほうが好きだけど」

「じゃあ、キュウリにするか」

「えっ、待ってよ。エサにするんでしょ」

「いいんだよ、草魚がどんな野菜を好きかなんて、だれも知らないんだ。とりあえずこいつで試してみるさ」浦さんは、そういって、大きな手製の釣針に丸々としたキュウリを一本突き刺した。

「僕、知らないよ」

「なあに、案外最初のひらめきってやつが、当たるもんさ」浦さんは、針のついたキュウリを軽く川にほうり込んだ。

ぽちゃん。

キュウリは、いったん水に潜《もぐ》ったが、じきに水面に浮かび上がり、するすると流れに乗って、川を下った。浦さんはその早さに合わせるように、うまくロープを出していく。

「ここらだな」

キュウリが、ねらったポイントにたどりつくと、浦さんはロープを止め、足元の草に縛りつけた。キュウリは、流れをそれた淀みのあたりに、ぽっかりと浮かんでいる。

「釣れるといいね」僕がいうと、浦さんは、

「ああ、そのかわり、釣れたら大騒ぎだぞ」と、いった。

金さんは退屈なのか、散歩に出かけたようだ。僕と浦さんは、黙って川を見つづけ

た。

長い長い時間が流れた。

薄緑の川の深みが、ゆらゆら揺れているようだ。よくよく見てみると、ただの淀みと思っていたあたりも、ゆったりとではあるが、次つぎ新しい水が流れ込んでいる。

不思議なものだ。同じ川の、同じ水が流れているのに、川底の形や、石の大きさで水は色を変えている。頭の上にあるおひさまの照り返しでも、水はキラキラと色を変える。そして、両手を冷たい水にさらしてみると、そこには色はない。

(本当の水の色は、何色だろう)

僕は、そんなことを考えていた。そういえば、前に理科の先生が海や空の色が青いのは、太陽の光の屈折の関係だとかいっていたが、僕にはよく理解できないことだった。

「ねえ、浦さん。水って何色だと思う?」僕は、思いきってたずねてみた。

浦さんは困ったように、

「さあな」と、いった。

「だって、不思議だよね。同じ水でも、浅瀬と深みでは色がちがうんだもの」

「ははは、そうだな。不思議だな」浦さんはそういって笑うと、僕のほうを見てこうといった。「なあ、坊。俺はな、川のことでわからないことは、ぜんぶ魚に聞くことにしているのさ」

「えっ、どういうこと」

「お前は、釣りをするから、川を見れば、だいたいどんなところに、どんな魚がいるかわかるよな」

「なんとなくならね」

「だったら反対に、そこに住んでいる魚がわかれば、どんな川かもわかるわけだろう」

「そうかなあ」

「そうさ。魚の釣れぐあいや、エサの好みから、水の温度や、その川にいる虫や植物の様子まで、わかってくるものさ」

「すごいなあ。でも、浦さん。それ、水の色の答えには、全然なってないよ」

「わかんなきゃあ、自分で考えろ。魚の気持ちになってな」浦さんは、そういって笑うと、また川の深みに目をやった。

（魚の気持ちになるっていっても……）しばらく僕は考えた。

自分が鮎になったり、鯉になったりしている姿を想像した。しかし、答えは出なかった。

(魚って、目がいいのかな？)

(うん、僕の影を見てすぐに逃げていくからきっといいはずだ)

(どんなふうに見えるのかな)

(魚眼レンズのように、あんなに丸く見えるのかな)

いろいろ、いろいろ考えた末に、ふと気がついたことがあった。

「ねえ、浦さん」

「おう」

「空気って、色がないよね。魚にとって水は、きっと、空気のようなものなんだ。だから、水には色がないと思うんだ」僕がそういうと、浦さんはニヤリと笑い、

「そうかもしれないな」と、いった。

「そうだよ、きっとそうだよ。魚にとって、水は空気なんだ。水の流れは風なんだ。そうだよね、浦さん」僕が、自信たっぷりにいうと、浦さんは、

「そいつは、魚に聞いとくれ」と、いって笑った。

僕は、とても満ち足りた気持ちになっていた。水道の水を見れば水が透明だなんてだれにだってわかる。そんなつまらない答えに、どうしてこんなに満足しているのだ

ろう。不思議な気持ちだった。

「坊、案外、魚の気持ちになると見えてくるものがあるだろう」

僕は、黙ってうなずいた。

「俺はさ、ずうっと考えているのよ。なんであの草魚がここにいるのか。あれは、ただ単に人間が放流したんじゃなくて、あいつには、ここにいなくてはならない理由があるんじゃないかって。もっといえば、俺たちに釣られるために、ここにいるんじゃないかって」

「釣られるために？」

「ずいぶんと身勝手な解釈かもしれんが……金によく聞かされた満州の話に、かならず草魚の話が出てきたことが、そう思わせるのかもしれんな」

（浦さんは、そんなことを考えていたんだ）

正直いって驚いた。なぜなら、この釣りは大物を見て奮《ふる》い立つ、単なる釣りキチの遊びだと思っていたからだ。

「じゃあ、浦さん。あの日、僕たちが見た草魚も、わざわざ僕たちの前に姿を現したんだと……」

「ああそうだ」浦さんは、あっさりといい切った。

これはむずかしい問題だった。ただの遊びだと思っていたこの釣りを、浦さんは運命のようなものだというのだ。信じられなかった。しかし、そう考えるとすると、昔、お父さんが遊んでもらった金さんと、僕が出会ったことも、ナマズ釣りをとおして知り合った浦さんと、こうして魚釣りをしていることも、すべてが、はじめから決まっていた運命だということなのか。

僕は、わけがわからなくなってきた。

「なあ、金作はどうしてる」

「さっき、むこうへ歩いていったけど……僕、見てくるね」

「頼む」

「そのかわり、釣れたら大声で呼んでよ」僕は、浦さんの背中にそういうと、金さんを捜しにむかった。

土手にむかって歩きだすと、金さんはすぐに見つかった。金さんは、この前、僕と浦さんが、草魚を発見した場所にぼんやりと立っていたのだ。

「金さん」

「やあ、拓ちゃん」

「どうしたのこんなところで」

「どうもしないよ。金さんは、魚釣りはよくわからないから、ちょっと散歩にきただけだよ」

「ねえ、ここなんだよ。僕たちが、草魚を見つけたの。あそこに浮いていたんだ」僕は、ネコヤナギのあたりを指さした。

金さんは、しばらく、その流れを眺めていたが、

「本当に、この川にね」と、ぼそりとつぶやいた。

「ねえ、金さん。金さんが、満州で見た草魚の話をしてよ」

僕は、金さんのいう二メートルもある草魚の話をせがんだ。

「そんなに、おもしろい話ではないよ」

「いいから、聞かせてよ」

金さんは、少し困った顔をしたが、じきにこう話し出した。

「昔、金さんはね、開拓団として満州に渡り、むこうでね、大成功しようと思っていたんだよ」

「うん、それ、浦さんに聞いたよ」

「そうか、聞いたんだ。金さんが、開拓したところは、一面の荒れ地でね、大きな川なんかないところだよ。本当に、こんなところに畑ができるとは信じられないような

ところだった。だから、金さんが草魚を見たのは、満州に渡ってすぐのことだったんだよ」

「すぐ？」

「そう、すぐといっても長い間、船に揺られ、気の遠くなる長い道を歩いた末のことだけどね。名前は思い出せないけれど、それは大きな川だった。対岸がね、かすんで見えるほどね。その川沿いに小さな村があり、そこで休んだときのことだよ。港にね、木の小さな桟橋《さんばし》があってね、漁師の小船が止めてあるんだよ。はじめは、魚だとは思わなかった。だって、船と変わらないくらいの大きな影だよ。その影が、こう、ぽっかりと浮かんでいるんだ。水面に」

「水面に？」

「そう。だからときどき、団扇《うちわ》のような尾鰭《おびれ》が、ゆらっゆらっと見える。それで、金さん、魚だと思ったね」

「それで、どうしたの？」

「もちろん、近づいてみたね。桟橋の手前まで。そう、五メートルくらいのところかな。それでも、目玉はげんこつくらいに見えたよ。鱗だって、一枚一枚はっきりと見えたね」

「すごいなあ、こわくなかった?」

「ははは っ、本当いうとね、金さんこわかったよ。足がね、一人でにね、がくがく震えたよ」

「それで?」

「草魚はね、そのでかい目で金さんをにらみながら、ゆっくりと深みに消えていったんだ。ゆっくりとね」

「なんだか、すごいなあ」

「うん、金さんはね、ちっぽけな日本から満州の大陸に渡り、大河と大魚を目のあたりにしたわけよ、とんでもない国に来てしまったなあと、心の底から思ったね」金さんはそういうと、足元の草をちぎっては、川にむかって投げこんだ。

草はゆらゆらと宙を舞い、水面にひたと止まると、一定の速さで下流にむかって流れ出した。

「ねえ、金さん」

「うん?」

「不思議だよね。金さんは日本から中国に行ったわけでしょ。でも、草魚は中国から日本へ来てるんだ」

「本当だよね」金さんは、静かにそう答えた。そして、こうつけ足した。「拓ちゃん、金さんはいいよ。こうして、日本へ帰ってこれたから。でも、草魚は二度と満州に帰れないいんだろうねえ」

僕は、はっとした。

金さんのために草魚を釣るといった、浦さんの言葉が頭をよぎった。あの草魚は、僕たちに釣られるためにここにいるといった、浦さんの言葉が頭をよぎった。

わかりそうで、わからない世界だった。

「拓ちゃん。がんばって釣ってよね」金さんは、ぽつりとそういった。

ネコヤナギの葉が風にさらさらと鳴った。その水際を瑠璃色の影が横切った。

「あっ、カワセミだ」

と、そのときだった。

「坊ーっ。坊ーっ。金作はおるかーっ」浦さんの大きな声が川岸に響いた。

「浦さん、どうしたのーっ」僕は、大声で叫びながら、川辺にむかって走った。

「金作、坊ーっ。早くこい」浦さんが、必死に僕たちを呼んでいる。

「拓ちゃん」走りながら、金さんが不安そうにいった。

「きっとそうだよ」

僕たちは、土手を滑り落ちるようにおりると、浦さんのいる水辺に走った。

「浦さん」

「おう、見、見ろよ」

浦さんは、右手にロープをぐるぐると束ね、腰を低くして踏んばっている。その姿は、魚釣りというよりも、牛を取り押さえようとしているカウボーイのようだった。その右手からは、水中にむかって、ロープが一直線に突き刺さっている。このロープの先に、まちがいなくあいつがいるのだ。

「浦さん、だいじょうぶ？」

「だいじょうぶじゃねえが、どうもこうもないだろう。こうなったらな、とことん、あいつと根くらべよ」浦さんはそういって笑った。

「まちがいなく、あいつなの」

「まちがいねえ。キュウリからホウレン草に替えてな、それからさ、チンゲン菜に替えたんだ。うっ、くそっ。やっぱり、金作のいうとおりだったな。水の中から、がばっと顔を出してひと呑みさ。ぞくっときたぜ」

浦さんは、片足を水に突っ込むような格好で、ロープを引っぱっている。僕と金さんは、そのうしろに突っ立ったままだ。

「なにか、手伝うことある?」

「ない、ない。だけど、もし俺が引きずり込まれそうになったら、手でも足でもい、しっかり握ってくれ」

浦さんの顔は、本気だった。下手をすると、本当に引き込まれるほどの引きなのだろう。

「浦さん、がんばってよ」金さんがいった。

「まかせとけ」浦さんが、こたえた。

僕は、浦さんの引っぱるロープの先を食い入るように見つめた。ロープは、びびん、びびんと震えながら、深みのあたりを右へ左へと、行ったり来たりしている。三メートルほどの範囲を揺れ動いている。しかし、それ以上は動かない。

かなりの時間が経った。

「浦さん。時間かかりそう?」

「わからねえ……」浦さんの顔から、さっきまでのゆとりが消えていた。ことばも消えた。

「拓ちゃん」金さんが、不安そうな顔で僕を見た。

「だいじょうぶだよ」

僕たち二人は、突っ立ったまま川を見つめた。

そこには、浦さんの、大きな背中があった。戦う背中があった。

不意に、

「おっと」と、浦さんが下流へ走りだした。

しかし、五、六歩走ると、また踏みとどまった。両足は、もう膝のあたりまで水に浸かっている。ロープを握り締める右手が、グングンと引かれて揺れる。浦さんは、その右手に左手を添えるようにして腰のあたりに固定した。ロープが、硬く伸び切った。

そのときだ。

「いかん！」

たるんだロープに浦さんが、尻もちをついた。

(切れた？)

(いや、ちがう)

突然、魚が走りだしたのだ。こちらへむかって。

浦さんは、ロープを弛ませないように必死で手繰りよせる。魚は、目の前だ。

ぎらり。

巨大な魚の影が光った。鈍い色で光った。まちがいなく草魚だ。
次の瞬間、その影は一気に上流へむかって走りだした。浦さんが走る。草魚につい
て上流へ走る。僕と金さんもあとを追う。
ロープが出ていく。浦さんは必死で草魚を止めようとするが、どんどんとロープが
出ていく。もう、あとがない。
「金作！　鎌でチューブを切ってくれ」浦さんが叫んだ。
草魚の、予想以上の力にそう判断したのだろう。僕は大急ぎで鎌を取り出すと、金
さんに渡した。金さんは、素早く、鎌をチューブに当てた。
ばすっ。
鈍い音がしてチューブがちぎれ飛んだ。
それと同時に浦さんは、余ったロープをぐるぐると右手に何度も巻きつけた。腰を
低くして、踏んばる。一直線に伸びたロープの先端と先端に、草魚と浦さんがいる。
まさしく、一対一の勝負だ。僕と、金さんが見守る。浦さんの足が、じりっ、じりっ
と前へ進む。一度は岸に上がっていた足が、また川の中に入る。
「くそっ、しぶといぜ」浦さんが、うなった。股のあたりまで水に浸かっている。
「だいじょうぶ？」僕は、心配になって叫んだ。

なぜなら、浦さんの目の前の川の流れは、青々として、かなり深くなっているようなのだ。

次の瞬間、

「伸《の》される！」浦さんが叫んだ。

もう、一歩も前には進めない。痛々しいほどにロープを巻きつけた右手が、真っすぐに伸び切る。限界だ。浦さんは、伸び切った右手にじわじわと左手を添えると、渾《こん》身《しん》の力を込めて引っぱった。肩に担ぐようにして、引っぱった。一か八かだった。ロープが、固い棒のように突っぱった。

ふっ。

急にロープがたるんだ。白いロープが流れに押され、大きな弧《こ》を描いた。

「切れたの！　浦さん」

「ちがう、急にむきを変えやがったんだ」

浦さんは、弛んだロープを必死で手繰りよせている。

(よかった。草魚はついているんだ)

「もうだいじょうぶだ」浦さんが、振りかえって笑った。

「今のひと伸しで、逃げ切れなかったのが、やつの敗因さ」ロープを確かめるように手繰りながら、浦さんがいった。

確かに、ロープはどんどんと浦さんの手に、束ねられていく。

「油断しないでよ」と、僕がいうと、浦さんはいった。

「すんなりとはいかんだろうが、もうあんなに、走ったりせんよ」ゆとりのある声だった。

魚がかかってから、三十分は、ゆうにたっていた。

金さんと僕は、浦さんに寄り添うように立つと、白いロープの先を食い入るように見つめた。

ぎらり。

水中に鈍く光る魚体が見えた。

(でかい。まちがいなくこの前の草魚だ)

「坊、あいつだな」と、浦さんがいった。

「うん。あいつだよ」と、僕はこたえた。

「どうだ、金作。本物だぜ」浦さんが、興奮した声でいった。

「……………」

金さんは、返事をしなかった。口を半ば開けたまま、見開いた目で、食い入るように草魚の影を追っていた。

「浦さん、どう？」

「あとは、時間の問題だ。やっこさん、もう、突っ走る気はないみたいだからな」

「わかるの」

「ああ、わかるさ。ああやって、腹を見せれば、しめたもんさ」浦さんは、そういいながらも、どんどんロープを引きよせている。

草魚は、もう、目の前だ。やつの目玉も鱗も、その一つひとつが、はっきりと見えてきた。胸が、どくん、どくんと鳴った。

「坊、すまんが膝をたたいてくれ」

「えっ？」

よく見ると浦さんの足はかたかたと、小刻みに震えていた。

「なさけない話だ。初めてだ、魚を見て足が震えるなんぞ」

「僕もだよ」そういいながら僕は、浦さんの震える足を、ぱんぱんとたたいた。

「困ったもんだ。逃がしちゃならねえと、思えば思うほど震えやがる」

「逃げたら、逃げたで仕方ないよ」

「そうはいかん。俺たち三人の魚だ。今日逃がしたら、もう二度と会えないかもしれないんだ」浦さんは、そういいながら、また、二、三歩下流に進んだ。

草魚は、ときおり、その団扇のような尾鰭を見せては、ごぼんっ、と、潜りはするが、すぐにまた浮き上がってくる。

「やつだって、疲れてるのさ。だがな、あの目は死んじゃあいない。俺たちが、取り込もうとする最後の一瞬にかけているのさ」

「最後に？」

「いいか。やつをすくいとる網なんかない。今から俺は、騙し騙しあいつを、あのアシ裏の浅瀬に連れていく。やつの背中がたっぷり水から出るくらいの浅瀬にな。それからが勝負だ」

「どうするの？」

「なあに、かんたんなことさ。三人でむりやり押さえ込むのさ」

浦さんは、わざとかんたんといってみせたが、それがいかにむずかしいことか、僕にもすぐに想像できた。草魚は、僕たちの影を見たら暴れ出すだろうし、だいいち、押さえ込んだところであの力だ。それに、魚は、ぬるぬると滑るのだ。とても、僕たちに勝ち目はないように思えた。

そんなことを考えているうちに、浦さんは何度となく草魚と、やりとりを繰りかえし、とうとう浅瀬に草魚を引き上げてきた。浅瀬で見る草魚は、水中で見たそれよりもはるかに大きく、そして、迫力があった。さすがに疲れていると見え、口を大きく開けたりもしたが、ときおり、頭をくんくんと振る姿から、いつでも突っ走って逃げてやる、という気合を感じた。

「おい、坊、これをもて」浦さんは、草魚のついているロープを僕に手渡した。

「ま、まってよ」僕は、うろたえた。

「だいじょうぶ、もうお前を引き込むほどの力はありゃあしないさ」

「そうじゃなくて、もし僕がしくじったら」

「ははは、さっき、逃げたら逃げたで仕方がないといったのは、だれだったかな」

「そんなあ」

僕は、半分べそをかきながら、右手にロープを巻きつけた。いっぱいにロープを張ると草魚の小さな動きまで手に伝わる。胸がまた、どくんどくんと高鳴った。

浦さんは、草魚をにらみつけたまま素早くシャツのボタンを外した。白いシャツの下から、日焼けした老人の肌が現れた。つやこそなかったが、たくましい男の体だった。

「このシャツで押さえ込むんだ。魚は滑るからな」浦さんは、そういうと土手のほうへ走りだした。

「どこ行くの」僕は、不安になって大声で叫んだ。

「やつのうしろへ回る。頼んだぞ」

浦さんは、土手を駆けのぼると支流の家下川を渡り、アシの生い茂る川岸をずんずんと進んだ。そして、深い淵に入り込み、ゆっくりと泳いだ。流れのせいで、速く進まないのか、音を立てないようにしているのかわからなかったが、とても長い時間に感じた。とても待ちどおしかった。

草魚がゆらりと動くたび、心臓が躍った。

「だいじょうぶだよね。金さん」草魚をにらみつけたまま、金さんに声をかけた。

しかし、返事はなかった。

「金さん?」

振りかえると、金さんはさっきと同じ姿勢で、草魚をにらみ続けている。僕のことなど目に入らないようだ。僕の声など、まったく耳に入らないようだ。

「金さん……」

不安が、走った。金さんが変だ。じっと草魚をにらみつけたまま、身じろぎもしない。

そのとき、浦さんが浅瀬にたどりついた。浦さんは、草魚に悟《さと》られぬよう、身を低くして忍びよった。両手にはシャツが握られている。

（いよいよだ）

僕は、もしものことを考え、ロープの先を、ぐるぐると杭に巻きつけた。そして、大きく深呼吸を一つした。

草魚がかかってから、どれだけの時間が過ぎただろうか。一時間なのか、二時間なのか。見当がつかなかった。

大きな川の上を、大きな風がどうと流れた。今、この川には僕たち三人しかいない。そんな気がした。この先なにが起ころうと、それは、僕たちにしかわからないことだと思った。

急に浦さんが、

「うおらっ」と、大きな声で叫び、両手で白いシャツをばっと広げて、草魚に飛びかかった。水しぶきが散った。

草魚が、あわてて走ろうとする。僕の腕がきしんだ。

「離すかあ、離すかあ」

ばしゃばしゃという、水しぶきにまじって、浦さんの声が聞こえる。しかし、その声は、ときおり水に潜ったように聞こえ、浦さんの苦戦を感じた。

僕は、半ば涙声で、

「だいじょうぶーっ、だいじょうぶーっ」と、叫んだが、とても、その声が浦さんに届いているようには思えなかった。

浦さんは、草魚に抱きつくような格好で、上になったり下になったりしていたが、押さえ込む決め手がなくて、困っているようだった。

浦さんが叫んだ。

「だめだ。このままではだめだ」

やはり、一人で押さえ込むことは、むりなのだ。僕の右腕が、激しく揺れる。

「金作。金作ーっ」また、浦さんが叫んだ。

(でも、金さんは……)

そのときである。

突然、金さんが走りだした。足元にあった杭を一本手に取ると、もみ合う浦さんと草魚にむかって走りだした。金さんは、水しぶきを上げて駆けよると、仁王立ちになり大きく息をした。

金さんの背中が大きく揺れている。浦さんも驚いたように、金さんを見上げた。草魚は必死で頭を振って暴れる。

金さんは、杭を両手で握りしめると、ゆっくりと振りあげた。

ぼくんっ。

鈍い音が聞こえた。金さんの振りおろした杭が、草魚の頭に命中したのだ。

草魚は、全身を大きく躍らせる。

ぼくんっ。

ぼくんっ。

金さんは、さらに激しく打ちのめす。

ぼくんっ。

ぼくんっ。

ぼくんっ。

やがて、僕の腕を引っぱる力が消えていった。

あっけない終わりだった。金さんが、草魚の頭をたたきのめすことで、僕たちの草魚釣りが、終わったのだ。

　ぼくんっ。

ぼくんっ。

ぼくんっ。

まだまだ、鈍い音は鳴り響いた。

(えっ、どうして……)

(草魚は、とっくに白い腹を見せ、動かなくなっているのに)

ぼくんっ。

ぼくんっ。

ぼくんっ。

僕は、金さんと浦さんと、草魚の前に駆けよった。浦さんは立ち上がり、黙って草魚を見おろしている。草魚は、二人の足元に横たわり、静かに白い腹を見せている。

そして、胸のあたりに巻かれたシャツには、鰓《えら》から流れ出た血が、じんわりとにじんでいた。

ぼくんっ。

ぼくんっ。

それでも、金さんは草魚をたたき続ける。鬼のような顔で、力を込める。

「金さん、もうやめてよ!」僕は、耐えられなくなって叫んだ。

金さんの手が、やっと、止まった。そして、下腹のあたりで、杭を握りしめた金さんの手がぶるぶると、震えた。

「金さん？」

驚いた。

金さんは、泣いていたのだ。真っ赤な顔を皺くちゃにして、大粒の涙をぼろぼろ、ぼろぼろとこぼしていたのだ。

（なぜ？）

（なぜ、金さんは泣いているの）

大人が、こんな顔で涙をこぼすのを見るのは初めてだった。

浦さんは、なにもいわず、下をむいたままだ。

僕はわけがわからなくなった。

そして、だんだん恐ろしくなってきた。

（もう、帰ろう）

僕は、突っ立ったままの二人と、横たわる草魚を残して川をあとにした。泣きながら、土手を駆けあがった。

後味の悪い思いだった。

（できることなら、最後まで、たった一本の釣り糸で、草魚とわたり合いたかった）

（できることなら、生きたまま草魚をこの手にしたかった）

（できることなら……）

やっとの思いで草魚を釣り上げたのに、僕の心は鉛《なまり》のように重くなっていた。赤く染まりかけた夕空を背に、僕は自転車をがむしゃらにこいだ。遠くに見える川の流れは、なにもなかったように穏やかで、すべてが、信じられない気持ちだった。

（いったい、僕たちは、なにを釣ろうとしていたのだろう）

（いったい、僕たちは、なにを釣ってしまったのだろう）

何度も、何度も、風に問いかけた。

しかし、ぬれた頬をなでていく風は、いつまでも冷たいだけで、なにもこたえてはくれなかった。


次の日、僕は一日中家にいて、空を眺めることはなかった。部屋に閉じこもったまま、ぼーっとしては起き上がり、魚類図鑑を眺めた。こんなふうにして朝から夕方まで家にいるのは、夏休みが始まってから、初めてだった。

休むことなく、アブラゼミの声が、二階の窓から斜めに聞こえた。いつもは威勢がよく乾いたその声が、なにやら今日はどんよりと、けだるくさえ感じた。

なんでこんなことになってしまったのだろう。

毎日毎日、草魚のことばかり考えていた日々が、とても懐かしく、ずいぶん昔のことのようにさえ思えた。やっと草魚を釣り上げたのに、この晴れることない気持ちは、なんなのだ。

金さんの顔が浮かんだ。赤いトマトあるよ、とすすめてくれた顔だった。やさしく笑った顔だった。鬼のような形相で、草魚をたたき殺した金さんじゃない。

（そうだ、あんなの金さんじゃない）そう、思い込みたかった。

アブラゼミの鳴き声が、何匹も何匹も重なり合うように響いた。庭の、青桐《あおぎり》の枝らしい。窓から身を乗り出してみると、ジジッ、と、鳴いてからぴたりと声が止んだ。

しかし、むこうの家からも、そのむこうの電柱からもアブラゼミの鳴き声は響いている。この二階の窓から見渡すかぎりの景色の中で、アブラゼミは鳴いていた。町が泣いているようだった。

（なんて悲しい声なんだろう）

夕日が町を焦がしている。そんな乾いた声だった。夕焼けに染まっていく町の中で、人影を見つけた。

（あっ、浦さんだ）

十軒ほどむこうの家の、垣根の前だ。もう植木の仕事を終え、帰り支度をしているようだ。

今日一日、だれとも会わないつもりでいた気持ちが、大きくぐらついた。そして、僕は階段を駆けおりると、あわててサンダルを履いて玄関を飛び出した。

たばこ屋の角を曲がると、浦さんが軽トラックに脚立《きゃたつ》を縛りつけるところだった。

(浦さん……)

思い切って声をかけようとしたが、声が出なかった。

しばらくして、浦さんが僕に気づいた。

「坊……」

浦さんは手ぬぐいの鉢巻《はちま》きを取ると、黙ったまま耳の上あたりを、ボリボリかいた。そして、僕に軽トラックの荷台に座るようにすすめた。

「坊、きのうは悪かったな」

「ううん、僕こそ一人で帰っちゃって」

「驚いたか」

「ちょっとね」

浦さんは、ポケットから煙草を取り出すと、マッチで火をつけた。ふうっと、白い息が流れた。あたりはもう、ずいぶんと暮れかかっていた。

「どうだ。今から金作のところへ行かんか」と、浦さんがいった。

「えっ、今から？」僕は、返事に詰まった。

まだ、金さんに会うのは怖いような気がしたし、心の準備もできていなかった。だけど、今、勇気を出して会わなければ、この先ずっと会えないような気もした。

「浦さん。金さんは、金さんのままかなあ？」

浦さんは、ニヤリと笑うと、静かにうなずいた。

「行くよ、僕、行くよ」

僕は、浦さんの運転する軽トラックの助手席に座った。軽トラックは、カタカタと揺れながら、矢作川の堤防に上がり、天神橋を目指した。振りかえると夕日はほとんど傾き、赤々とした空だけが広がっていた。町並みはもう、暗い影をつくり出していた。

「家の人にいわなくてよかったのか？」と、浦さんがいった。

僕は、黙ってうなずいた。

右手には河川敷が広がり、竹やぶのむこうに矢作川が見えた。重い流れの色だった。ひと足早く、川だけが夜を迎えている。そんな、気がした。

「金さん、仕事してるかなあ？」と、僕は聞いた。

「うん……、今日はな……」浦さんが、口ごもった。

「なに？」

「今日はな、金作の送別会なんだ」

「えっ、金さんどこかへ行っちゃうの」

「あわてるな、あわてるな。そうじゃない」浦さんは、首を大きく振ってこたえた。

僕は、ほっとため息をついた。

そんな僕を見て浦さんは、いたずらっぽく笑うと、

「金作が、どこへ行くと思ったんだ？」と、いった。

「どこって、どこか遠いところだよ。たとえば……」

頭の中に金さんから聞いた、満州の景色が広がった。

「反対なんだ。金作は、満州から帰ってきたのさ。きのうな」浦さんは、静かにそういうと、車の窓を少し開けた。

青い草の匂いが、車の中に広がった。

「金作はな、ここに住んではいたが、心はずっと満州にあったのかもしれんな。きのう、草魚を釣り上げたあと、あいつ自身が、それに気づいたようなんだ」

「浦さんには、わかっていたの？」

浦さんは、なにもこたえなかった。

堤防の曲がりくねる道のおかげで、僕の体は大きく揺れた。しかし、その振動が、だんだん心地よくなってくるのを感じた。

「じゃあ、今日は、満州とのお別れ会なんだ」そう独りごとのようにつぶやくと、窓を開け、身を乗り出した。強い風が額をたたき、髪の毛が舞った。夕暮れの微妙な時間の中で、微かに川の匂いを感じた。

軽トラックは、天神橋のところで左折し、坂を下った。なまず屋の赤いちょうちんの前に車が止まると、僕は、ゆっくりと外に出た。

胸がどきどき、どきどきと鳴った。

店の中から、数人の男たちの笑い声が聞こえる。お酒を飲んでいるようだった。僕は、少しひるんで浦さんを見た。浦さんは、やさしい顔で僕を見ると、目で行けと合図した。

僕は、縄《なわ》のれんをくぐると、ガラガラッと戸を開けた。

オレンジ色の明かりが広がると同時に、うおーっ、と、男たちの声がして、拍手が聞こえた。

浦さんが、僕の背中を押した。

男たちは、立ち上がり、僕と浦さんを取り囲むと、口々になにかいっている。草魚を釣り上げたときのことを、聞いているらしい。しかし、耳には入らなかった。そうしている間も、僕の目は、厨房を追っていた。

(いた。金さんがいた)

金さんは、僕に気づくと忙しそうな手を止めて、こちらを見た。僕は、男たちをかき分けて、金さんのところへ走った。

カウンター越しに見つめあった。金さんの、やさしい目があった。

しかし、おたがいに、ことばは出なかった。

金さんは、ふと気づいたように、流しから水に浸けてあった赤いトマトを一つ取ると、僕に渡した。濡れたままのトマトと、金さんの手がきらきらと光った。

手に取ると、トマトはずっしりと重く、あのときと同じ色をしていた。金さんが、はげ頭を両手でこすり、照れ臭そうに笑った。僕は、黙ったままトマトをがぶりとやった。甘い夏の味がした。

すべては、あのときのままなのだ。

振りかえると、浦さんが男たちにせがまれて釣り談義をしており、そのうしろのテーブルには、何種類もの草魚の料理が、ところ狭しと並べられていた。

そして、壁にはたたみ一畳もある白布に、墨で取られた草魚の魚拓が貼ってあり、よく見ると、その下に、「釣人・金作、浦野、拓也」と、小さな字で書かれていた。

もうひと口、トマトをかじった。

この夏、僕が覚えたものは、甘いトマトの味だった。

解説

三木　卓

先日テレビを見ていたら「昭和のこどもたち」というドキュメンタリー番組をやっていた。ぼくは昭和十年生まれだから、まぎれもない昭和のこどもの一人だが、ここまで来ていると、いろいろとおぼえているつもりでも、映像を見るとケロッとぬけているようなこともあった。

たとえば、小学校のこどもたちが、木造校舎の窓拭きをしているスチール写真があった。それはこどもたちが敷居をまたいで窓ガラスの内外をきれいにしているという、すずなりの風景だった。それだけならどうということもないが、拭いている窓の階は一階だけでなく、二階でも同じようなことになっている。

あたりまえの作業を平凡にこなしているというようすに、今のぼくは仰天した。今こんなことをさせたら確実に問題になる（テレビのナレーションもそういっていた）。まして転落事故が一件でも起ったら、どういうことになるか。

しかし、昭和二十年代にはこの情景は、ごくあたりまえのものだったはずである。

教師は平気でやらせたし、生徒も自然にしたがってあやしむことはなかった。そのくらいのことは自己責任とも思わないで遂行した。それが当時の生活だった。

ぼくの戦争直後の少年時代の生活をおもいだすと、今のこどもたちのそれとはまるでちがう。今、学校は夜になると門をしめてだれも入ってこられないようにする。ぼくらのころは門などなかったから、勝手に入って深夜プールで泳いでいたやつらもいたし、おそくまで教室で議論したり、女の子と合唱したりしていた連中もいた。

先生がいっしょにいることもあった。高校生ともなると、酒をもって宿直している若い先生を急襲し、いっしょに酔っぱらいながらおもしろい話を次から次へと聞かせてもらったりもした。今どきそんなことをしたらタイヘンなことだろうが、ぼくらはそういう学校外の教育からあたたかい師弟愛をつちかわせてもらったし、ずいぶんあとで役立つ、ひろがりと深さのある知識や教訓を身につけさせてもらったものだった。

こどもは、まず自由でなければ生きた体験は身につかない。今のこどもは、じかに自然にふれることなく、制度としての教育にたちまちはめこまれる。たとえそこから脱落するようなことがあったとしても、かれはなお、文明の装置のなかにこぼれおちる。それはゲームセンターだったり、ネットカフェだったり、立派なオートバイだったりする。

　しかし、人間は生まれおちた時は原始人である。それからはじめて、まずは自然のなかで育つ、という過程をもつのがそもそもの前提である。そうしなければ、先に行ってから人間として十全な精神的発展をとげることが出来ない。そういうなかには川で溺死する危険、などというものも当然ふくまれて来るだろう。


阿部夏丸『泣けない魚たち』は、川遊びをする少年たちのものがたりである。作品は全部で三篇。本州中部を流れている大河、矢作川《やはぎがわ》とその傍流域が舞台である。作者が、一九六〇年生まれで、おそらくこの作品の世界がその人物の体験にうらうちされていると考えてみると、時期は一九七〇年ごろとなる。

　そう思うと、このなかで起っている人の心のドラマにもなっとくがいく。まだ第二次世界大戦からうけた心の傷や戦後の生活の貧しさが、人々のうちに残っている時期である。

　巻頭におかれているのは「かいぼり」である。掻い掘りとは、川や池の一部をせきとめて、中の水を全部くみ出し、水の中にいる魚を一挙にとってしまう、といういささかあらっぽい漁法である。

ぼくは作者よりも二十五年ほど年上の人間であるが、「かいぼり」という言葉を聞くだけで血がさわぐのをおぼえる。ぼくもこの中に出て来る人物たちほど熱狂的ではなかったが、やはり小川や濠で魚釣りに熱中した少年の一人だったからである。

時間をゆっくりとかけて一匹一匹を釣る、というのも、もちろんとてもおもしろい遊びだが、それと「かいぼり」の魅力は別である。ぼくたちはいつでもあくまでも徹底的である「かいぼり」を企てたいと熱望していた。しかし「かいぼり」は仲間と相当な労力を必要とする。また、そういう川をあらすようなことをして、大人たちの怒りをかわないですむとも思われない。そう思うと心がにぶって、とうとう自分でやるには至らなかった。しかし、あれはぜったいにやっておかねばならなかったことだ、と今なおぼくは心のどこかで口惜しがっているのである。

一挙にゴッソリととる、というのは、ほんとうにどうしようもない欲望である。そのころのぼくたちは、「糠瓶《ぬかびん》」もやりたいと思っていた。糠瓶は、魚が中に入ると外へ出られなくなるという特殊な構造をしたビンで、中に米ヌカを入れて水中に沈めておく、というものだ。今ならやる気になればわけはないが、貧しかったぼくには、そのビンを買うだけの資力すらもなかった。当時の漁場だった駿府城址の濠で釣りをするための、十円のカンサツを買うことも出来ない幼い密漁者だった。

「かいぼり」は、四人の小学生が語らって、矢作川の傍流の小川で「かいぼり」を企ててコイ、ウナギ、ナマズ、タナゴをものにするものがたりである。かれら、すなわちそれぞれの個性をもち役割を分担する連中は、ぼくなどよりもはるかに川に対する知識も体験もあり、幼いが修練をつんだ川漁師たちで、かいぼりの技術もまた堂に入ったものだ。読んでいるぼくは、いっしょになってかいぼりをしたような気分になって酔うことができた。

かれらはまた幼い盗賊でもあって、トマトやイチジクなどはお手のもののようだが、かいぼりにあたっては、金持ち町長の家の納屋にある南京袋を盗み出した。その南京袋に土をつめて、川をせきとめる土のうにしようというのである。かれらがそういうことをしたのは、もちろん必要だったからだ。だが村唯一の自家用車で、おつきの運転手に運転させている町長に対する反感も作用していたから、ということでもあろう。

しかし、かいぼりをはじめると、なんとかれらはその現場に町長にふみこまれてしまう。南京袋を盗んだのがばれる！　と連中はひそかにパニックを起すが、町長はそ知らぬ顔をしてかいぼりに参加して来るのである。そしてなんと町長はかいぼりの名手なのだ。きっと少年時代に徹底的に川遊びをやっていて、その楽しさを充分身にしみつけてしまっている、もと少年だったのだ！

ここで終れば、それはそれでわるくないものがたりである。だが、作者はもうひとつほろにがい結末を用意している。それはまもなく、この矢作川の傍流である蜆川《しじみ》が埋め立てられ、半分は自動車がすれちがうことが出来る道路になってしまったという、その後のことである。竣工式では、あの町長がスピーカーをつかって、演説を行った。やはり町長は町長だった。

こどもたちにまだ飢えが親しい、という時代であったが、同時に経済の高度成長期にも入っていた時代。そういうなかでのこどもと大人のうちにあった心のドラマが、ここに定着されている。

「泣けない魚たち」も、ザリガニ釣りのエピソードからはじまる。かれらは釣りあげたザリガニをその場でゆでて、実にうまそうに食べてしまうが、これがぼくにはまず口惜しい。

というのは、戦争直後のあの飢えた時期、わが故郷の静岡にもアメリカザリガニはゴマンといて、魚釣りをやっていると、しきりにかかってくる。ウキがぐっと沈みすぎるので、またか、と思ってあげてみるとザリガニが姿をあらわす、というわけだが、当時ぼくたちは、これをぜったいに食べてはならない、と大人たちにいいふくめられていた。ザリガニには肝臓ジストマが寄生しているから危険だ、というのである。それでぼくたちはとらえるたびに、いかにもうまそうなザリガニを地面にたたきつけてうさをはらしていた。だがこのごろはなんと、フランス料理の美味として一流レストランでけっこう登場したりしている。今となってはどうにもしようがないけれど、本当はどうだったのだろう。

「泣けない魚たち」は、川遊びをはさんだ少年たちの友情ものがたりである。語り手の友情の対象になる少年岩田こうすけは、両親のいない子で、かたくなな老人の川漁師の祖父に育てられた。だから川の魚についてとてもよく体験している。が、その祖父が肝臓をわるくして入院してしまったので、親戚にあずけられ、転校して来た。それで友人になることができた。

こうすけは、寡黙で、学校では口を利かない。語り手の〈僕〉とも口を利かない。かれの世界は川や森にあり、森のなかにはこうすけの作った〈かくれが〉と呼ばれる秘密のひらけた場所がしつらえてある。そこへ導かれた〈僕〉は、こうすけの心の内面にそれなりに触れることができる。

「泣けない魚たち」とは、魚には涙腺がないから涙はない、という魚の解剖学的構造にもとづいた題名である。が、それは祖父ゆずりのかたくなさで外界から身を守って、自分のうちに育てている世界を庇護している岩田こうすけのイメージである。複数になっているところを思うと、そこには語り手の〈僕〉の心のありかたも重なっている、と読むべきだろうか。そのイメージはまた、堂々たる幻の魚サツキマスにも収斂《しゅうれん》していくのである。

「金さんの魚」には、ナマズと草魚が登場する。ここでも、戦争が濃い影をおとしている。金さんは戦時中に開拓団の一員として満州（今の中国東北部）へ渡った。戦争が終ったとき、ソ連軍が国境を越えて南下して来たので、そういう人々は否応なく戦争の殺戮《さつりく》のうちにまきこまれたが、金さんはその中で、家族と生きわかれとなったまま日本へ引揚げて来た人だった。そういう心の傷を負う、「なまず家」という食堂の主人である。そして〈僕〉という語り手の少年拓也は、川でとったナマズを、品切れになっていたその店に買ってもらう。

草魚はそもそも満州に産する巨大な魚である。だが、それがかれらのいる矢作川の支流である家下川《やしたがわ》にもいた。草魚はかつて日本にも放たれている、という話は、満州引揚者であるぼくも聞いたことがあるが、それが今たしかにいて、かれらはそれをなんとかしてとらえようとするのである。

満州にいた草魚。そこに金さんの情念がからみ、遂に爆発する。

これらのものがたりを、時代や場とからんだ人間のものとしてとらえると、このような要約になる。しかし、それはあとから思えばいいことである。それよりも前に、流れや魚や狩りを前にし、それにかかわっていく登場者たちの、現前する素朴で原始的ともいうべき心のときめきをしっかりと読んでほしい。作者はそれを書きたくて、まず筆をとったはずであるから。そして、述べて来たようにそのときめきは、確かにぼくにしっかりと伝わって来ていて、ここでぼくは心を強く共振させたのである。

本書は一九九五年五月、株式会社ブロンズ新社より単行本として刊行されました。

|著者|阿部夏丸　1960年愛知県豊田市生まれ。95年に書下ろしの本作『泣けない魚たち』でデビューし、第11回坪田譲治文学賞、第6回椋鳩十児童文学賞をダブル受賞。『オタマジャクシのうんどうかい』で第14回ひろすけ童話賞を受賞する。他の著書に『オグリの子』『見えない敵』『父のようにはなりたくない』『ライギョのきゅうしょく』『ギャング・エイジ』『川中WOW部』シリーズなどがある。

泣《な》けない魚《さかな》たち

阿《あ》部《べ》夏丸《なつまる》

2008年7月15日第1刷発行
2024年12月3日第16刷発行

発行者――篠木和久
発行所――株式会社　講談社
東京都文京区音羽2-12-21　〒112-8001
電話　出版（03）5395-3510
　　　販売（03）5395-5817
　　　業務（03）5395-3615

Printed in Japan

講談社文庫
定価はカバーに表示してあります

KODANSHA

デザイン―菊地信義
本文データ制作―講談社デジタル製作
印刷―――株式会社KPSプロダクツ
製本―――株式会社KPSプロダクツ

ISBN978-4-06-276090-4

講談社文庫刊行の辞

二十一世紀の到来を目睫に望みながら、われわれはいま、人類史上かつて例を見ない巨大な転換期をむかえようとしている。

世界も、日本も、激動の予兆に対する期待とおののきを内に蔵して、未知の時代に歩み入ろうとしている。このときにあたり、創業の人野間清治の「ナショナル・エデュケイター」への志を現代に甦らせようと意図して、われわれはここに古今の文芸作品はいうまでもなく、ひろく人文・社会・自然の諸科学から東西の名著を網羅する、新しい綜合文庫の発刊を決意した。

激動の転換期はまた断絶の時代である。われわれは戦後二十五年間の出版文化のありかたへの深い反省をこめて、この断絶の時代にあえて人間的な持続を求めようとする。いたずらに浮薄な商業主義のあだ花を追い求めることなく、長期にわたって良書に生命をあたえようとつとめるところにしか、今後の出版文化の真の繁栄はあり得ないと信じるからである。

同時にわれわれはこの綜合文庫の刊行を通じて、人文・社会・自然の諸科学が、結局人間の学にほかならないことを立証しようと願っている。かつて知識とは、「汝自身を知る」ことにつきていた。現代社会の瑣末な情報の氾濫のなかから、力強い知識の源泉を掘り起し、技術文明のただなかに、生きた人間の姿を復活させること。それこそわれわれの切なる希求である。

われわれは権威に盲従せず、俗流に媚びることなく、渾然一体となって日本の「草の根」をかたちづくる若く新しい世代の人々に、心をこめてこの新しい綜合文庫をおくり届けたい。それは知識の泉であるとともに感受性のふるさとであり、もっとも有機的に組織され、社会に開かれた万人のための大学をめざしている。大方の支援と協力を衷心より切望してやまない。

一九七一年七月

野間省一